作家榜®经典名著

读经典名著，认准作家榜

ВИШНЁВЫЙ САД

樱桃园

《契诃夫经典戏剧集》

[俄] 安东·巴甫洛维奇·契诃夫 著

路雪莹 译

浙江文艺出版社

安东·巴甫洛维奇·契诃夫（1860-1904）

契诃夫与友人在信中谈论戏剧
《樱桃园》，1904 年

契诃夫(中间)在莫斯科艺术剧院为演员们朗诵剧本,1898年

译自俄罗斯科学出版社

1974年版《契诃夫作品三十卷集》

而我总想来湖边,就像一只海鸥……

——《海鸥》

——您为什么总穿黑衣服?
——我在为我的生活服丧。我是不幸的人。

——我一百年开口说话一次，我的声音在这空虚中有气无力地响着，没有谁听到……

——您二十二岁,我的年纪差不多是您的一倍。叶甫盖尼·谢尔盖伊奇,我们俩谁更年轻?

——当然是您。

——我很卑鄙地把这只海鸥杀死了。现在我把它放在您的脚下。

——我走了以后你不会再"砰!"这么干了吧?

——不会了,妈妈。那是瞬间的疯狂绝望,我控制不住自己。再也不会这样了。

——如果什么时候你需要我的生命,就来把它拿去。

——我的欢乐,我的骄傲,我的幸福……如果你离开我哪怕一个小时,我都受不了,我会发疯,我的了不起的、杰出的人,我的主人……

——我又可以看到这双美丽的眼睛,这美不可言的、温柔的笑容……这娇柔的容颜,这天使般纯洁的神情……我亲爱的……

——我在哈尔科夫受到人们热烈的欢迎，诸位，到现在想起来还头晕目眩！

导读

契诃夫：忧郁的喜剧家

安东·巴甫洛维奇·契诃夫（1860—1904）是俄国经典小说家和戏剧家。作为短篇小说家，他以幽默故事开始，最终以忧郁的抒情、淡化情节的叙事，另辟蹊径，突破了莫泊桑式的传统小说模式。作为剧作家，其知名度来自于早期创作的独幕轻松喜剧，如《蠢货》《求婚》等。这些独幕轻松喜剧显示了契诃夫天生的诙谐才能，颇受欢迎。随后，契诃夫试图进行革新，想突破当时在欧洲最有影响的剧作家易卜生的风格，即"环环相扣、层层递进"的戏剧冲突表现方式。

契诃夫常说："生活中并不总是发生上吊、服毒、三角恋、歇斯底里，更多的时候是人们在平静地喝茶、聊天，但是，就在这喝茶和聊天中，有的人的幸福生成了，有的人的幸福毁掉了。戏剧家就应当去表现这种看似平淡的生活。"显然，这是两种截然不同的戏剧理念。契诃夫以他的《海鸥》开启了革新之路，虽不顺利，但终究还是通过《万尼亚舅舅》《三姐妹》和《樱桃园》逐渐奠定了自己的戏剧风格：以抒情氛围的营造淡化冲突，以潜台词表现人物内在的心理冲突。

虽然在活着的时候，契诃夫难以与易卜生齐名，但是，当他去世之后，其影响力却迅速彰显。今天，人们已公认他是对20世纪现代戏剧产生深远影响的经典剧作家了。淡化戏剧冲突、渲染抒情氛围以及运用潜台词，已然成为契诃夫戏剧标签式的风格。人们从不怀疑契诃夫的幽默才能，但却惊诧于他将《海鸥》和《樱桃园》称作"四幕喜剧"，将《万尼亚舅舅》和《三姐妹》称作"令人愉快的戏"。因为，这四部戏给人的印象是忧郁的抒情，跟一般观念中的喜剧相差甚远。这说明，契诃夫的喜剧精神是独特的。理解契诃夫的戏剧，关键就在于理解这种独特的喜剧精神。

01　诙谐的秉性：天生的幽默大师

契诃夫是天生的幽默大师，这一点无人质疑。自大学时代起，他就以无数诙谐的短篇故事吸引了读者，而他作为剧作家地位的确立，也是靠他的那些充满智慧的独幕轻松喜剧。虽然《海鸥》《万尼亚舅舅》《三姐妹》和《樱桃园》这些奠定了他经典剧作家地位的戏并没有给人留下鲜明的幽默诙谐的印象，但毋庸置疑，这些戏里充满了独幕轻松喜剧的因素，依然显示出契诃夫幽默大师的特点。

不难发现，在这四部看似非常严肃的戏剧里，契诃夫几乎赋予了每一个人物或多或少的轻松喜剧式的特点。比如，《海鸥》里的知名作家特里果林游走在老情人阿尔卡基娜和少女妮娜之间的举动，颇似莫里哀笔下的滑稽人物。《万尼亚舅舅》里的万尼亚向老教授的年轻妻子叶莲娜献殷勤，是典型的轻松喜剧式人物的行为。《三姐妹》里的老军医切布德金是再典型不过的滑稽喜剧式人物，就连严肃的中校维尔什宁，也会在畅想未来时给人留下一丝可笑的印象。《樱桃园》里会变戏法的女家庭教师夏洛特、破落地主彼谢克和绰号"二十二个不幸"的管家当然是最典型的轻松喜剧人物，此外，多情善感的女地主和她的哥哥、大学生特罗菲莫夫、老仆人菲尔斯以及商人罗巴辛，也都多少带上了一些滑稽喜剧人物的特征。比如，加耶夫念念不忘的台球术语、柳波芙的做作，都会给人以滑稽感。

伴随人物滑稽性的，是情境的滑稽性。在这四部戏里，我们可以轻易地找到典型的轻松喜剧式场景。比如，《万尼亚舅舅》里万尼亚持枪追杀老教授的场景，《三姐妹》里切布德金胡言乱语的场景，《樱桃园》里瓦丽雅挥棒误伤罗巴辛的场景和加耶夫从拍卖场沮丧而归的场景，都是再典型不过的了。

契诃夫把显在的轻松喜剧因素融入这些戏剧中，是为了让这些显在的幽默诙谐因素淡化整体的感伤氛围，抑制主题的悲剧性。很显然，契诃夫不想把这些戏剧写成地道的悲剧，不想让观众体会太多的伤感。但是，并不能仅仅因为这些外在的轻松喜剧因素就断言契诃夫的戏就是喜剧，因为任何悲剧里都不难找到某些喜剧性的因素，反之亦然。就像在莎士比亚的悲剧《哈姆雷特》《李尔王》中可以找到喜剧的影子，在喜剧《威尼斯商人》里也可以发现悲剧的情愫。契诃夫所运用的轻松喜剧因素还只是外显的幽默，表现了他天生的幽默感，但还不是这些剧作最本质的喜剧特质。要理解契诃夫的这些剧作真正的喜剧性之所在，还应当从喜剧最根本的特征入手。

02 逃避毁灭：人物的内在喜剧性

契诃夫戏剧的喜剧性本质并非体现为人物的滑稽性举止。

以《樱桃园》女主人公柳波芙为例。从表面上看，她身上的轻松喜剧成分最少，最具感伤气质。可是，虽然面临着庄园即将丢失的命运，在厄运面前她却没有绝望，而是能做到坦然面对生活的重压。樱桃园的衰败同她个人的弱点有很大关系：过于沉溺于怀旧和幻想，缺乏务实的态度和能力。可另一方面，她却从不刻意掩饰这些弱点。在面对厄运的消极抵抗中，她不时通过自我解嘲，成功超脱了来自现实的压力，避免了悲剧性毁灭。她面对厄运的这种态度赋予了她自身喜剧性的特质。

别林斯基说过："悲剧的实质……是在于冲突，即在于人心的自然欲望与道德责任或仅仅与不可克服的障碍之间的冲突、斗争。"也就是说，人物的悲剧性源自与不可克服的障碍的不可调和的斗争；换言之，人物的喜剧性则是对这一不可调和之对立的消解和超越。黑格尔在《美学》中指出："喜剧性一般是主体本身使自己的动作发生矛盾，自己又把这矛盾解决掉，从而感到安慰,建立了自信心。……现时遭到毁灭的只是空虚的无足轻重的东西。……超然于有限生存之上,藐视一切挫折和失败,保持着坚定的安全感。"黑格尔要求喜剧性人物要有一种"精神上的绝对自由,一种随遇而安、逍遥自在的态度"。

而这种随遇而安、逍遥自在的态度,正是柳波芙面对生活重压时的态度。樱桃园虽然失去了,但它的主人却能够擦干眼泪,重新回到巴黎情人身边,继续她伤感的生活旅程。这便应了黑格尔所说的"主体本身使自己的动作发生矛盾,自己又把这矛盾解决掉,从而感到安慰,建立了自信心"。柳波芙内在本质的喜剧性就在于她以对未来的坦然,建立起了继续生活下去的信心,与命运达成了某种和解,从而以一种随遇而安、逍遥自在的态度,获得了精神上的某种自由。

契诃夫戏剧里那些忧郁感伤的人物,比如《海鸥》里的妮娜、阿尔卡基娜、特里果林,《万尼亚舅舅》里的万尼亚,以及《三姐妹》里的三位女主角,都不同程度地带有柳波芙身上的这种内在喜剧性。

03 静态的戏剧情境：消除悲剧性冲突

契诃夫戏剧表现的多为具有悲剧感伤性质的题材：在《海鸥》中，特烈普列夫因艺术理想破灭而毁灭；在《万尼亚舅舅》中，万尼亚徒然感叹青春的虚度与才华的浪费，阿斯特罗夫因抱负无法实现而消沉，索妮娅独自品尝着无望之爱情的苦果；在《三姐妹》中，三姐妹身处偏僻闭塞的小城，枉然地梦想着遥不可及的莫斯科；在《樱桃园》里，柳波芙黯然离开富有诗意的樱桃园……所有这一切都可以构成典型的悲剧性冲突，然而在契诃夫的戏里，悲剧性冲突并未实现，而是被他巧妙地遏制住了。契诃夫遏制悲剧冲突的主要方式就是实现舞台的静态化。那么，这种静态化是如何做到的呢？

我们发现，契诃夫是通过展现人物行动的阻滞、对话交流的隔阂、言语的停顿，以及对人物行动环境背景的抒情氛围的烘托这些艺术手法来实现静态化的。

易卜生的戏剧之所以深得欧洲观众的青睐，是因为其中充满了激烈的戏剧动作。而契诃夫的戏里却恰恰"缺乏"这种动作性，其目的是遏制悲剧因素的激化，增强内在的喜剧性。譬如，从舞台动作上看，《万尼亚舅舅》竟是在原地踏步：万尼亚对老教授的不满虽然很强烈，但剧末却又归于平静。第四幕时又回到了第一幕的场景，仿佛构成了一个圆圈，好像什么都不曾发生。在《三姐妹》中，三姐妹对莫斯科的向往贯穿全剧，可是"到莫斯科去"只能成为徒劳的空想，她们终究没有行动。人物行动的阻滞往往与人物间语言交流的阻滞联系在一起。品读契诃夫的剧作，我们不难体会到，人物间的许多对话根本不能称为对话，而是各说各的独白。这就是语言交流的阻滞。它加剧了人物行动的延缓与停滞，增强了戏剧整体的静态感。

停顿是契诃夫经常使用的艺术手段，其作用自然是为了让人们充分体味人物之间丰富的情感潜流。

契诃夫戏剧给人的整体印象是抒情。飘散着淡淡哀愁的抒情气氛烘托出舞台的忧郁情调，使被不断阻滞的行动与剧作家忧郁的抒情交融，增强了观众静态的舞台体验。比如，《三姐妹》中，玛莎多次带着忧郁情绪重复的诗句"海湾上有一棵绿橡树，橡树上有一条金链子……"为三姐妹对莫斯科徒劳的向往平添了一层忧郁的情绪。感伤诗句的每次出现都能引领观众充分体验特定氛围中人物细微的情绪，而不是去关注整体事件的进展。

契诃夫追求静态化是为了弱化悲剧的外在冲突。外在冲突淡化了，但内在冲突，即人与环境、时间的冲突，却得以深化。这是契诃夫对20世纪戏剧的贡献。人与人的冲突在《海鸥》里转化为人与生活之荒诞性的冲突——散文与诗的冲突和俗世生活与幻想的冲突；在《万尼亚舅舅》里转化为人在灰色的生活面前自由选择的无法实现；在《三姐妹》里深化为人与时间的冲突——四季的更迭、时间的缓缓流逝吞噬着人的激情，人们由此要么变得消沉忧郁，要么只能耽于纯粹空洞的幻想；而在《樱桃园》里，则上升至人与生活本身的对立。

04 内敛的幽默：忧郁与幽默的融合

契诃夫的戏大都是忧郁的。忧郁也是契诃夫的天性。这种忧郁的情调赋予了剧作独特的韵味：幸福可望而不可即，美好的家园终将逝去。然而，契诃夫忧郁又有其特点：忧郁与幽默紧密融合，互相诠释。

基于幽默的天性，他总是以诙谐的态度对待剧本里的人与事，无论题材多么沉重。对人生悲苦的喜剧式表达，是契诃夫戏剧的特点。契诃夫戏剧中的人物的痛苦，皆是契诃夫对人生的忧郁体验，但其中却渗透进了他独特的幽默的艺术个性，不仅以无处不在的轻松喜剧因素不断冲淡忧郁氛围，更重要的是，契诃夫以他独特的喜剧眼光，将体验着痛苦的主人公们从崇高的悲剧氛围中拉出来，赋予他们潜在喜剧性色彩，使主人公们没有成为典型的悲剧式人物。他们的忧郁与痛苦，在剧作家的艺术构思中，没有径直传染给观众，而是被潜在地"轻松化"了。所以，人们不会为戏剧人物的不幸而流泪，但对人生的无奈感受，却远比对剧中人物命运的感受悲凉得多。这就是契诃夫的幽默所起的作用。这种艺术功效，是契诃夫戏剧的重要艺术特征。

契诃夫戏剧的幽默中所隐含的更深的忧郁，是一种内敛的幽默，是契诃夫戏剧世界中最深刻的幽默。当契诃夫将幽默与对人生的无奈感受相交融时，幽默就深化为独特的、内敛的幽默。我们所品味到的，正是这种内敛的幽默。从轻松独幕喜剧那外显的诙谐转化为内敛的幽默，体现了其喜剧精神的升华与深化，即从对事物表面的滑稽性的表现深化为对生活之本质的喜剧式感悟。正是凭借着外显幽默的内敛化，戏剧舞台上方才呈现出淡淡的抒情氛围。在这些剧作里，契诃夫已不再是一个逗人发笑的诙谐家，而是将幽默诙谐内化为一种超然的对生活的审视眼光。

05 俯视生活的眼光：超越感伤

以冷峻的眼光俯视人物的生存境遇，使契诃夫的剧作具有了真正的喜剧本质。

生活事件本身并无悲剧喜剧之分，关键是艺术家以何种主体精神加以审美的关注。理性地对待生活，就会有喜剧精神；感性地对待生活，则会有悲剧精神。在可悲的事件中寻找荒诞的可笑性，是契诃夫的艺术倾向。以喜剧精神审视生活中的感伤情境，就会颠覆整个情境的庄严性。这在契诃夫自《海鸥》之后的戏剧中尤为明显。《海鸥》之所以成为契诃夫戏剧创作新阶段的开始，一个重要的原因是：从《海鸥》开始，喜剧之神掩盖了悲剧之神，感觉上像悲剧，思考起来却是喜剧。以非感伤的态度表现感伤之事，在《万尼亚舅舅》中非常突出。万尼亚对青春、才华的枉然流逝所发出的无奈感叹没有被契诃夫用来感怀人生的悲苦，而是成为契诃夫喜剧式审视立场下一个忧郁而滑稽的人物所发出的忧郁的抒情，由此，契诃夫完成了对苦难人生的喜剧式体察——穿透生活的不幸，发现生活的荒诞本质。当人们真正发现人所付出的努力只是一种虚幻，便不会再有悲剧式的悲愤激情，而会变得冷峻和平静。契诃夫戏剧所包含的人生感悟，便是这样一种真正具有喜剧性的冷酷之情。

同样，《三姐妹》充满着忧郁的抒情。这种忧郁的抒情之所以没有使该剧成为典型的抒情悲剧，盖因剧作家并没有站在戏剧主人公的立场上表现这种忧郁，而是俯视着忧郁苦闷中的人，以冷峻的眼光，看透了生活本身的滑稽与荒诞，对生活抱以含蓄的笑。

《樱桃园》作为契诃夫的绝笔之作，这种喜剧性体察的立场也最鲜明。樱桃园的无奈消失本身足以让人哀叹，但契诃夫却以一个局外人的视角，以内敛的幽默精神，俯视这荒诞的人生。这使他具有了对生活超越其悲剧性的感怀，以及对事物的滑稽性审视，从而获得对事物的喜剧性把握的可能。这使《樱桃园》里的每一个人物都成为契诃夫嘲弄的对象。原本让人感伤的故事在这里成为人们无法抗拒的命运，在这历史的宿命面前，人的挣扎已成为历史眼中的滑稽行为。感悟于此，契诃夫不再为主人公痛惋，而是带着同情的微笑轻轻嘲弄着生活必然进程中无法左右命运的可怜的善良人们。

06 发掘生活的荒诞性：影响的深远

契诃夫在世的时候，他的影响力远比不上欧洲的现代戏剧之父易卜生。这一方面是因为易卜生以其敏锐的社会问题剧（《玩偶之家》《人民公敌》等）为欧洲现代戏剧注入了清醒的现实主义精神和高昂的人道主义激情；另一方面，易卜生戏剧那层层递进、环环相扣的戏剧冲突的呈现方式颇受欧洲观众的青睐。而契诃夫戏剧那淡化了激烈冲突的抒情风格，却难以获得观众的赏识。然而，契诃夫去世后，当人们对当代世界的荒诞性有了深刻的体验后，却突然发现，原来契诃夫的戏里竟蕴涵着对人无奈的生存状态的深刻表达。透过契诃夫戏剧忧郁的抒情，人们看到契诃夫体察人的生存境遇的深邃眼光。于是，愈来愈多的人着迷于契诃夫戏剧那悠远淡雅的意境，愈来愈多的剧作家开始受到契诃夫的影响。由此，契诃夫为二十世纪现代戏剧的发展打下了深深的烙印。

一个颇有趣的现象是：不止一位剧作家走过了从模仿易卜生到模仿契诃夫的历程，比如美国的尤金·奥尼尔、英国的萧伯纳，当然，还有中国的曹禺。他们都以易卜生的风格开始戏剧生涯并获得成功，随后也都不约而同地迷上了契诃夫。

尤金·奥尼尔早期的剧作（如《天边外》《榆树下的欲望》）戏剧冲突非常明显，是典型的易卜生式风格，而后期的剧作（如《通往黑夜的漫漫长路》）却淡化了外部冲突，转而追求丰富的潜台词。这是契诃夫的风格。与奥尼尔齐名的美国剧作家阿瑟·米勒和田纳西·威廉斯也把契诃夫视为自己的"艺术之父"，威廉斯的名剧《欲望号街车》则直接借鉴了《樱桃园》的主题。

至于中国现代剧作家曹禺，以易卜生式的悲剧《雷雨》一举成名，但之后却开始了风格的转变。成名作《雷雨》悲剧性冲突紧张激烈，而后来的《北京人》则忧郁而抒情，透着契诃夫式喜剧的情调。这两部戏风格相差甚远，分明显示了曹禺从易卜生风格走向契诃夫风格的历程。至于中国另一位剧作家夏衍，其清新淡雅的《上海屋檐下》自然源于对契诃夫的欣赏。可以说，是易卜生开启了中国现代话剧的启蒙之路，而契诃夫则为它注入了新的艺术养分，促成了中国现代戏剧的演变。

对契诃夫戏剧感悟最独特的当属荒诞派戏剧家。以尤奈斯库、贝克特为代表的荒诞派剧作家都把契诃夫的戏剧视为自己的灵感之源。贝克特承认他的《等待戈多》与《三姐妹》有内在的呼应。他们读出了契诃夫戏剧中的荒诞，并在自己的创作中将契诃夫戏剧中内在的荒诞感以直接外露的形式发挥至极致，将契诃夫戏剧的现实主义成分转化为彻底荒诞的艺术形式，同时又承接了契诃夫戏剧内在的喜剧精神——以冷峻的眼光超越苦难的冷酷的喜剧精神。这也是为什么荒诞派剧作家都把自己的戏剧称为真正的喜剧。

一百多年来，契诃夫的戏剧在世界各地不断上演，其作品的当代意义不断得到凸显。因为人们通过他的戏剧，能够获得透过悲凉的事物发现滑稽与荒诞的能力，对当代世界有更加冷峻的审视，拥有更为睿智的眼光。

2021 年 9 月 16 日

目录
KATALOG

001 / 海 鸥
- 第一幕 003
- 第二幕 026
- 第三幕 043
- 第四幕 060

099 / 三姐妹
- 第一幕 101
- 第二幕 128
- 第三幕 155
- 第四幕 177

219 / 樱桃园
- 第一幕 221
- 第二幕 247
- 第三幕 267
- 第四幕 287

海鸥

四幕喜剧

人　物

阿尔卡基娜·伊丽娜·尼古拉耶夫娜	夫家姓特烈普列夫，演员
特烈普列夫·康斯坦丁·加夫里洛维奇	她的儿子，年轻人
索林·彼得·尼古拉耶维奇	她的哥哥
扎列奇娜娅·妮娜·米哈伊洛夫娜	年轻姑娘，富有地主的女儿
沙穆拉耶夫·伊利亚·阿方纳西耶维奇	退伍中尉，索林的管家
波丽娜·安德烈耶夫娜	他的妻子
玛莎	他的女儿
特里果林·鲍里斯·阿列克塞耶维奇	小说家
多尔恩·叶甫盖尼·谢尔盖耶维奇	医生
梅特维金科·谢苗·谢苗诺维奇	教师
雅科夫	杂工
厨师	
女仆	

剧情发生在索林的庄园，
第三幕和第四幕之间相隔两年。

第一幕

  索林庄园里花园一角。一条宽阔的林荫道从观众面前伸向花园深处的湖边,为家庭演出临时搭起来的舞台截断了林荫道,所以看不到湖。舞台左右两侧是灌木丛。

  几把椅子,一张小桌子。

  太阳刚下山。雅科夫和另外几个杂工在舞台上,幕布垂着,传来咳嗽和敲打的声音。玛莎和梅特维金科在左侧走着,他们刚散步回来。

梅特维金科 您为什么总穿黑衣服?
玛　　莎 我在为我的生活服丧。我是个不幸的人。
梅特维金科 为什么?(沉思)我不明白……您身体健康,您的父亲虽算不得富有,可也有财产。我的生活比您难多了。我一个月才挣二十三卢布,还要扣掉向退休储金会交的会费,可就算这样我也不服丧。

| 他们坐下。

玛　　莎 问题不在于钱。穷人也可以是幸福的。
梅特维金科 这只是说说,现实是:我,我母亲,两个妹妹,一个小弟弟,薪水统共只有二十三卢布。总得吃

喝吧？总需要糖和茶吧？还得买点烟草吧？真是捉襟见肘。

玛　　莎　（朝舞台张望）演出很快就要开始了。

梅特维金科　是啊。扎列奇娜娅主演，康斯坦丁·加夫里雷奇[1]的剧本。他们彼此相爱，今天，为了创造同一个艺术形象，他们的心灵将彼此交融，而我和您的心灵却没有相通之处。我爱您，对您朝思暮想，在家里也待不住，每天步行六里路到这儿来，再步行六里路回去，可是您对我总是冷冷淡淡的。这不奇怪，我没有财产，家里人口也多……谁愿意嫁给一个连自己都养不活的人呢？

玛　　莎　瞎说。（闻鼻烟）您的爱让我感动，但我无法回报，就是这么回事。（把鼻烟壶递给他）您闻闻吧。

梅特维金科　我不想闻。

停顿。

玛　　莎　天气很闷，夜里应该有雷雨。您总是高谈阔论，或是说钱的事。照您的意思，没有比贫穷更大的不幸了，可照我看来，就算穿着破衣烂衫，就算讨饭也一千倍强于……算了，您不懂这个……

索林和特烈普列夫从右侧上。

---

1. "雷奇"是"洛维奇"非正式的口语叫法。

索　　　林　（拄着拐杖）老弟，我在乡下总觉得有点不对劲，不用说，我永远也习惯不了。昨天晚上我十点上床，今天早上九点醒来，觉得好像因为睡的时间太长，脑子粘在脑壳上了，一直糊里糊涂的。（笑）吃完午饭，一不留神，我又睡着了，现在整个人都散架了，完全陷入了一场噩梦……

特烈普列夫　没错，你应该在城里生活。（看到了玛莎和梅特维金科）两位，演出开始了会叫你们的，现在不能在这儿，请离开。

索　　　林　（对玛莎）玛利亚·伊利伊尼奇娜[1]，劳驾跟您父亲说个情，把狗放开吧。那狗一直叫，我妹妹又一夜没睡。

玛　　　莎　您自己跟我父亲说去，我不管，饶了我吧。（对梅特维金科）我们走吧。

梅特维金科　（对特烈普列夫）那么开演前请您让人告诉我们。

两人下。

索　　　林　这么说，狗又要叫一夜了。真是的，在乡下，我从来不能随心所欲地生活。通常来说，只要我有二十八天的长假就会来这儿，想好好休息休息什么的，可总是被各种破事缠身，搞得我第一天就想跑。（笑）我每次离开这儿都很开心……喏，现在我退休了，终于没地方跑了。不管愿意不愿

---

[1]. 玛莎的正式名字。

意，都得在这儿住……

雅　科　夫　（对特烈普列夫）康斯坦丁·加夫里雷奇，我们去洗个澡。

特烈普列夫　好，不过十分钟以后要各就各位。（看看表）很快就要开演了。

雅　科　夫　是。（下）

特烈普列夫　（环视舞台）这就是我们的剧场。这是大幕，然后是第一道侧幕、第二道侧幕，再里面是一片空场。什么布景都没有，直接展现出湖面和地平线。八点半整，月亮升起时，我们将拉起大幕。

索　　　林　太棒了。

特烈普列夫　如果扎列奇娜娅迟到，那么，当然，整个效果就毁了。她该到了。她的父亲和继母总盯着她，想从家里溜出来就像越狱一样难。（给舅舅整理领带）你的头发和胡子都乱蓬蓬的，该理理发、刮刮脸……

索　　　林　（理了理胡子）这是我生活的悲剧。我年轻的时候就是这样，好像喝高了一样——就是这样。女人们从来不爱我。（坐下）妹妹今天为什么不开心？

特烈普列夫　为什么？心烦。（挨着索林坐下）嫉妒。她已经对我，对这场演出，对我的剧本都反感了，因为主演不是她，而是扎列奇娜娅。她还没看过我的剧本，却已经在恨它了。

索　　　林　（笑）你真能瞎想……

特烈普列夫 她已经恼火了,因为在这个小舞台上获得成功的将是扎列奇娜娅,而不是她。(看看表)我母亲的心理很奇怪。她无疑很有天分,很聪明,看书时会痛哭,也能整首背诵涅克拉索夫[1]的长诗。她可以像天使一样护理病人,可是如果在她面前夸奖杜丝[2],你试试看。哎呀呀!只能夸赞她一个人,得有人为她写评论,为她摇旗呐喊,赞叹她在 *La Dame aux Camélias*[3] 或《生活的烟雾》中杰出的表演。可是乡下没有这种麻醉剂,于是她就变得烦闷、易怒,我们大家都是她的敌人,我们都不对。而且她很迷信,害怕三根蜡烛和数字十三。她还很吝啬,明明在敖德萨的银行里有七千卢布的存款——我很确信,可是如果你找她借钱,她就会哭起来。

索　　林 你猜测你的母亲会不喜欢这个剧本,所以紧张了,就是这么回事。放心吧,你母亲很爱你。

特烈普列夫 (揪一朵花的花瓣)爱——不爱,爱——不爱,爱——不爱。(笑)你瞧,我母亲不爱我。那还用说!她想生活,要恋爱,喜欢穿浅色短上衣,而我已经二十五岁了,我不断地提醒着她已经不再年轻的事实。没有我,她就只有三十二岁;

---

1. 涅克拉索夫(1821—1878),俄国诗人,其作品主要描绘贫苦人民的生活与苦难。
2. 杜丝指 Eleonora Duse(1858—1924),意大利女演员。
3. 法语,《茶花女》。

而有我在她面前，她就四十三了。她就是因为这个而恨我。她还知道我不认可戏剧。她爱戏剧，觉得自己在为全人类和神圣的艺术服务，可是在我看来，现代戏剧是老套，是偏见。当大幕升起，我看到这些大天才们，这些献身于神圣艺术的人，在夜晚的灯光里，在三面墙之间，表演人们吃喝、恋爱、走来走去、穿外衣，千方百计地用陈腐的场面和台词拐弯抹角地讲道理——那些道理并不高深，反而很通俗易懂，只是对日常生活有点益处。当他们总是千篇一律地向我呈现同样的、同样的、同样的东西，我就一个劲儿地想逃跑，就像莫泊桑逃离埃菲尔铁塔——那丑陋的铁塔压迫了他的脑子。

索　　林　没有戏剧可不行。

特烈普列夫　需要新的形式。新的形式是必需的，如果没有，就索性什么都不要。（看表）我爱母亲，非常爱，可是她过着荒唐的生活，总是跟这位小说家拉拉扯扯，她的名字总是出现在报纸上——这些都让我受不了。有时候我的心里会冒出一些属于普通人的自私想法，觉得自己很倒霉，因为我的母亲是著名演员，我觉得，如果她是个普通的女人，我会幸福一些。舅舅，还有比这种情况更绝望、更愚蠢的吗：我们家高朋满座，来往的都是名人，演员啦，作家啦，所有人中只有我是个无名之辈，而他们容忍我，只因我是她的儿子！我

　　　　　　是谁？我算什么？我大学三年级时因为所谓的不可抗力退学，没有任何才能，没有一个钱，证件上的身份是基辅的小市民，因为我父亲就是基辅的小市民，虽然他也是个著名演员。所以，有时候，当她客厅里的演员和作家们大发慈悲地注意到我，我就觉得他们在用目光审视我的渺小。我猜透了他们的想法，于是感到屈辱、痛苦……

索　　　林　顺便问一声，这位小说家是个什么人？他总是不声不响的，真搞不懂他。

特烈普列夫　他是个聪明的老实人，有点，那个，闷闷不乐。非常正派，离四十岁还远着呢，但已经出名了，非常志得意满……至于他写的东西……怎么跟你说呢？挺可爱，也有点才气……可是……读过托尔斯泰或左拉之后，你不会想读特里果林的。

索　　　林　老弟，我喜欢作家。当初我有两个热切的愿望——想结婚，想成为作家，可是两样都没实现。是啊，说到底，就算能当个小作家也挺好啊。

特烈普列夫　（侧耳听）我听到了脚步声……（拥抱舅舅）没有她我简直活不下去……就连她的脚步声都那么美妙……我幸福得要命。（迅速朝正上场的妮娜迎上去）我的仙女，我的梦……

妮　　　娜　（不安地）我没迟到吧……当然，我没迟到……

特烈普列夫　（吻她的手）没有，没有，没有……

妮　　　娜　我担心了一整天，我怕极了！我怕父亲不放我出来……但他和我继母刚刚出去了。晚霞映红了天

	空，月亮已经慢慢升起来了，我一个劲儿催马、催马。（笑）可是我很高兴。（紧紧地握索林的手）
索　　林	（笑）您的眼睛好像哭过……嘿嘿，这可不好。
妮　　娜	是啊……您看，我呼吸得多沉重。半小时后我就得走，得赶快。不，不，看在上帝的分儿上，别留我。父亲不知道我在这儿。
特烈普列夫	真的，该开始了。得去把大家叫过来。
索　　林	我去叫就是了。马上。（边朝右边走边唱）"两个掷弹兵去法国……"有一次我这么唱，一个检察官朋友对我说："大人，您的声音很有劲儿……"然后他想了想，又补了一句："可是……很难听。"（笑着下）
妮　　娜	父亲和他的妻子不让我到这儿来。他们说这里风气放荡……他们怕我去当演员……而我总想来湖边，就像一只海鸥……我一心想着您。（环顾四周）
特烈普列夫	没有别人。
妮　　娜	那边好像有人……
特烈普列夫	没人。（接吻）
妮　　娜	这是什么树？
特烈普列夫	榆树。
妮　　娜	它怎么那么黑？
特烈普列夫	已经是晚上了，所有东西都是黑的。别早走，求求您。
妮　　娜	不行。
特烈普列夫	我去您那儿行不行，妮娜？我可以整夜站在花园

|里看着您的窗户。

妮　　娜　不行,看园子的会发现您的。狗跟您还不熟,会叫。

特烈普列夫　我爱您。

妮　　娜　嘘……

特烈普列夫　(听到脚步声)谁在那儿?雅科夫,是您吗?

雅 科 夫　(在台后)没错。

特烈普列夫　各就各位。时间到了。月亮升起来了吗?

雅 科 夫　没错。

特烈普列夫　有酒精吗?有硫黄吗?红眼睛出来的时候,得有硫黄的味道。(对妮娜)走吧,那儿全准备好了。您紧张吗?

妮　　娜　是的,很紧张。您的妈妈倒没关系,我不怕她,可是特里果林在你们家……在他面前表演,我又怕又羞……他可是著名作家……他年轻吗?

特烈普列夫　是的。

妮　　娜　他的小说多妙啊!

特烈普列夫　(冷淡地)我不知道,我没读过。

妮　　娜　您的剧本很难演,里面没有活人。

特烈普列夫　活人!应该表现的不是生活真实的或应该的样子,而是它在幻想中的样子。

妮　　娜　您的剧本里很少有行动,都是台词。还有,我觉得,戏里一定要有爱情。

| 两人走到幕后。

波丽娜·安德烈耶夫娜和多尔恩上。

波丽娜·安德烈耶夫娜	潮气上来了。您回去穿上套鞋吧。
多　尔　恩	我觉得热。
波丽娜·安德烈耶夫娜	您不爱惜自己，太固执了。您是医生，很清楚潮湿的空气对您有害，可您就是想让我难受，昨天您故意整晚坐在露台上……
多　尔　恩	（哼唱）"不要说青春已毁灭。"
波丽娜·安德烈耶夫娜	您跟伊丽娜·尼古拉耶夫娜说话说得很起劲……都忘了冷。承认吧，您喜欢她……
多　尔　恩	我五十五岁了。
波丽娜·安德烈耶夫娜	没事，对男人来说，这个年龄不大。您保养得很好，还会让女人喜欢。
多　尔　恩	您想怎么样？
波丽娜·安德烈耶夫娜	你们一见到女演员就要拜倒了。你们都是这样！
多　尔　恩	（哼唱）"我重又来到你的面前……"如果在社会上人们都喜欢演员，对他们的态度，比如说，和对商人不同，这是很正常的。这是理想主义。
波丽娜·安德烈耶夫娜	女人们总会爱上您，对您投怀送抱。这也是理想主义？
多　尔　恩	（耸耸肩）怎么说呢？女人对我的态度中有很多好的东西。她们爱我主要因为我是个出色的大夫。您记得吗？十到十五年前，我是全省唯一一个正经的产科医生。还有，我是个诚实的人。
波丽娜·安德烈耶夫娜	（抓住他的手）我亲爱的！

多 尔 恩　小点声。有人来了。

│阿尔卡基娜挽着索林,特里果林、沙穆拉耶夫、梅特维金科和玛莎上。

沙穆拉耶夫　一八七三年,在波尔塔瓦的交易会上,她演得棒极了。登峰造极!演得绝妙无比!对了,您知道喜剧演员恰金·巴维尔·谢苗内奇[1] 现在在哪儿吗?他演斯普留耶夫是独一份儿,比萨多夫斯基还棒,最尊敬的女士,我跟您发誓。现在他在哪儿?

阿尔卡基娜　您总是问些太古时代的人。我怎么知道!(落座)

沙穆拉耶夫　(叹了口气)巴什卡·恰金![2] 现在没有这样的演员。戏剧完蛋了,伊丽娜·尼古拉耶夫娜!过去的演员是参天大树,现在我们只能看到一些树墩。

多 尔 恩　现在杰出的天才演员少了,这是真的,但普通演员的水平高多了。

沙穆拉耶夫　我不能同意。不过,各人口味不同。De gustibus aut bene, aut nihil.[3]

---

1. "内奇"是"诺维奇"非正式的口语叫法。
2. 就是上文提到的巴维尔·谢苗内奇。"巴什卡"为巴维尔的小名。
3. 拉丁语,大意为:关于口味——要么说好,要么不说。这是把两个拉丁谚语混在了一起,一个是"关于口味无法争论",另一个是"关于死者,要么说好,要么不说"。

> 特烈普列夫从幕后出来。

阿尔卡基娜 （对儿子）我亲爱的儿子,什么时候开始啊?
特烈普列夫 马上。请耐心点。
阿尔卡基娜 （读《哈姆雷特》的台词）"我的儿子!你让我的眼睛看到了心灵的深处,它血迹模糊,布满了致命的伤口——那么无可救药!"
特烈普列夫 （读《哈姆雷特》的台词）"你为何沉湎于荒淫,在罪恶的深渊里寻找幸福?"

> 幕布后开始吹号。

诸位,开始了!请观赏!

> 停顿。

我先来。（用一根小棍子敲打着,大声说）哦,你们这些可敬的古老阴影,暗夜中在这湖上飘过,让我们入睡吧,让我们梦到二十万年后的世界!
索　　林 二十万年后一切都化为乌有了!
特烈普列夫 那就让他们给我们表演这一无所有。
阿尔卡基娜 好吧,我们睡了。

> 幕布升起,湖水展现在眼前,月亮悬在地平线之上,倒影投在水中。扎列奇娜娅·妮娜一身白衣,坐在一块大石头上。

妮　　娜　人、狮子、鹰隼、雉鸡、鹿、大雁、蜘蛛，水中默默无声的鱼类、海星和肉眼看不到的，总之，所有的生命，所有的生命，所有的生命，已完成可悲的轮回，熄灭了……已经几千年了，地球上没有一个生命，这可怜的月亮徒然地点亮它的灯光。草原上再也没有醒来的鹤发出鸣叫，椴树林中听不到五月的虫鸣。寒冷，寒冷，寒冷。空虚，空虚，空虚。可怕，可怕，可怕。

停顿。

　　　　　　活体已经化为灰尘，永恒的物质将它们变成石头，变成水，变成云，而所有生命的灵魂融为一体。一个全世界共同的灵魂——这就是我……我……我有着亚历山大大帝的灵魂、恺撒的灵魂、莎士比亚的灵魂、拿破仑的灵魂和最微末的寄生虫的灵魂。人们的意识和动物的本能在我身上融合，我记得一切，一切，一切，我在自己的身上重新体验每一个生命。

出现磷火。

阿尔卡基娜　（悄声）这有点颓废派的意思。
特烈普列夫　（恳求和责备地）妈妈！
妮　　娜　我孤身一人。我一百年开口说话一次，我的声音在这空虚中有气无力地响着,没有谁听到……而你们,这些苍白的光,也听不到我的声音……腐败的沼泽在拂晓生出你们,你们游荡到朝霞升起,却没有思想,没有意志,没有生命的颤动。恶魔,永恒物质之父,生怕你们迸发出生命,就让你们内部的原子,像石头和水中的原子一样,每时每刻发生交换,于是你们不停地变化着。宇宙中守常不变的只剩下一种东西——精神。

| 停顿。

就像被扔进空空的深井中的俘虏,我不知道我在哪里,在等待着什么。我只知道一件事:在与恶魔——这物质力量之始的顽强、残酷的斗争中,我必将胜利,在那之后物质与精神将融为一体,美好和谐、世界意志的王国将会降临。但只有经过漫长的、漫长的千万年之后,当月亮、明亮的天狼星、地球都变为尘埃,这一切才会渐渐实现……在此之前只有恐惧,恐惧……

| 停顿;在湖的背景上出现了两个小红点。

现在我那强大的对手——魔鬼,走近了。我看见

	他可怕的鲜红的眼睛……
阿尔卡基娜	有硫黄味儿。应该这样吗？
特烈普列夫	是的。
阿尔卡基娜	（笑）哦，这是舞台效果。
特烈普列夫	妈妈！
妮　　　娜	他十分寂寞，因为见不到一个人……
波丽娜·安德烈耶夫娜	（对多尔恩）您把帽子摘掉了。快戴上，要不会感冒的。
阿尔卡基娜	医生这是对魔鬼——永恒物质之父，脱帽致敬。
特烈普列夫	（火了，大声地）演出结束！够了！落幕！
阿尔卡基娜	你干吗生气？
特烈普列夫	够了！落幕！把幕布落下来！（跺脚）落幕！

| 幕布落下。

	对不起，我忘了，只有少数被选中的人才能写剧本和在舞台上演戏，我破坏了这种专利！我……我……（还想说些什么，但只挥挥手，从左侧下）
阿尔卡基娜	他怎么了？
索　　　林	伊丽娜，不能这样，亲爱的，不能这样对待年轻人的自尊心。
阿尔卡基娜	我对他说什么了？
索　　　林	你冒犯他了。
阿尔卡基娜	他自己说了，这是个玩笑，我就把他的戏当玩笑对待了。

索　　林　　不管怎么说……

阿尔卡基娜　　原来他写了一部伟大的作品！真是的！原来他演这出戏，烧硫黄，不是为了开玩笑，而是舞台效果……他想教我们应该如何写剧本和演戏。不管怎么说，这都很没劲。他总是攻击我，对我说刻薄的话，闹来闹去，谁也受不了！这孩子太任性，自尊心太强。

索　　林　　他想让你开心。

阿尔卡基娜　　是吗？可他没有选择一部普通的戏，而是强迫我们听了这么一番颓废派的谵语。如果只是开玩笑，我也可以听，可他这是要建立新的形式，开创艺术的新纪元。不过照我看来，这根本不是什么新形式，不过是他的坏脾气而已。

特里果林　　每个人都是照各自的想法和能力去写作。

阿尔卡基娜　　那他就照他的想法和能力去写好了，但是别烦我。

多　尔　恩　　朱庇特[1]，你在生气……

阿尔卡基娜　　我不是朱庇特，而是一个女人。（抽烟）我不是生气，一个年轻人如此虚掷时光，我只是觉得可惜。我可没想冒犯他。

梅特维金科　　谁都没有理由把精神和物质分开，因为精神本身可能就是物质原子的集合。（对特里果林，兴奋地）您把我们这些教师的生活写进剧本，然后在舞台上演出来吧。我们的生活很艰难，很艰难！

阿尔卡基娜　　这没错，但我们别谈什么剧本，什么原子了。这

---

1. 罗马神话中的主神，此处是开玩笑地奉承。

个夜晚多美好！诸位，你们听到有人在唱歌吗？（倾听）真美！

波丽娜·安德烈耶夫娜 这是在对岸。

停顿。

阿尔卡基娜 （对特里果林）坐到我身边来。十到十五年前，湖上几乎夜夜弦歌不断。湖边有六个地主庄园。我记得那些欢笑、喧哗、枪声，还有一场又一场的恋爱……那时候这六个庄园的 Jeune premier[1] 和偶像，我告诉你们，（朝多尔恩点头）就是这位叶甫盖尼·谢尔盖伊奇[2]。现在他也很有魅力，但那时他真是万人迷。可是现在我开始受到良心的折磨了。为什么要惹我那可怜的孩子生气呢？我有点于心不安。（大声）科斯佳[3]！儿子！科斯佳！

玛　　莎 我去找他。

阿尔卡基娜 谢谢，亲爱的。

玛　　莎 （朝左走）喂，康斯坦丁·加夫里雷奇！……喂！（下）

妮　　娜 （从舞台后面出来）显然，不会继续演了。我可以出来了。您好！（和阿尔卡基娜和波丽娜·安德烈耶夫娜亲吻）

---

1. 法语，爱情男一号（戏剧角色类型）。
2. "伊奇"是"耶维奇"非正式的口语叫法。
3. 这是在叫特烈普列夫。"科斯佳"是康斯坦丁的小名。

索　　　林　演出很棒！很棒！

阿尔卡基娜　很棒！很棒！我们很欣赏。您的形象那么好，嗓音那么美妙，您不该窝在乡下。您是有才华的，听到了吗？您应该登台演出！

妮　　　娜　哦，这是我的梦想！（叹一口气）可是它永远也不会实现。

阿尔卡基娜　谁知道呢？让我给您介绍一下：这位是特里果林·鲍里斯·阿列克塞伊奇。

妮　　　娜　哎呀，我很高兴……（紧张羞涩）我经常读您的作品……

阿尔卡基娜　（拉她坐在身边）别害羞，亲爱的。他虽然是个名人，可是心地很淳朴。您看，他还害羞呢。

多　尔　恩　我看现在可以把大幕拉起来了，怪吓人的。

沙穆拉耶夫　（大声）雅科夫，老兄，把幕布拉起来！

|大幕升起。

妮　　　娜　（对特里果林）这戏挺怪的，是吧？

特 里 果 林　我一点都没看懂。不过我看得很开心。您演得很真挚。背景也很美。

|停顿。

　　　　　　这个湖里大概有很多鱼。

妮　　　娜　是的。

特里果林　我喜欢钓鱼。傍晚坐在岸边看着鱼漂，对我来说，没有比这更大的满足了。

妮　　娜　但是我觉得，一个人体验过创作的满足，对他来说就没有其他的满足了。

阿尔卡基娜　（笑）别这么说。别人一夸他，他就窘迫得无地自容。

沙穆拉耶夫　记得有一次，在莫斯科歌剧院，著名的席尔瓦在唱低音 C 调，楼座上坐着我们唱诗班的男低音。这时候，好像故意捣乱似的，突然，你们想想我们多么吃惊，我们听到从楼座传来一声："太棒了，席尔瓦！"整整低了一个八度……像这样：（低音）"太棒了，席尔瓦！"……整个剧院鸦雀无声。

| 停顿。

多　尔　恩　安静的天使飞过。
妮　　娜　我该走了。告辞了。
阿尔卡基娜　去哪儿？这么早去哪儿？我们不让您走。
妮　　娜　爸爸在等我。
阿尔卡基娜　他可真是……

| 亲吻。

好吧，没办法。真舍不得您走。

妮　　　娜　　您不知道离开这儿让我多难过！

阿尔卡基娜　　应该有人送送您，我的小不点儿。

妮　　　娜　　（害怕地）哦，不用，不用！

索　　　林　　（对她恳求地）留下吧！

妮　　　娜　　不行啊，彼得·尼古拉伊奇。

索　　　林　　就待一个小时也好。有什么关系呢……

妮　　　娜　　（想了想，哭腔地）不行！（握手，很快下）

阿尔卡基娜　　说起来真是个不幸的女孩。听说她已故的母亲立了遗嘱，把庞大的财产都留给了丈夫，一分不剩。现在这个女孩一点财产都没有，因为他父亲已经立遗嘱把财产全部留给第二任妻子了。这太可气了。

多　尔　恩　　是啊，她那个爹真是个不折不扣的蠢猪。

索　　　林　　（搓着冻僵的手）诸位，我们也回屋吧，潮气重了。我腿疼。

阿尔卡基娜　　你的腿跟木头的一样，走路那么吃力。好了，我们走吧，倒霉的老头儿。（挽起他的胳膊）

沙穆拉耶夫　　（向妻子伸手）请吧，太太。

索　　　林　　我听见狗又叫了。（对沙穆拉耶夫）劳驾，伊利亚·阿方纳西伊奇，让人把狗放开吧。

沙穆拉耶夫　　不行，彼得·尼古拉伊奇，我怕贼溜进仓库。我在那儿存着黍子。（对走在旁边的梅特维金科）真的，低了整整八度："太棒了，席尔瓦！"要知道他并不是专业的歌唱演员，只是个唱诗班的歌手。

梅特维金科　唱诗班的歌手挣多少钱?

众人下,只剩下多尔恩。

多　尔　恩　(一个人)我不知道,也许我什么都不懂,或者我疯了,可是我喜欢这个剧。里面有点什么东西。当这个姑娘讲到孤独的时候,当后来出现魔鬼的红眼的时候,我激动得双手发抖。很新鲜,很天真……好像是他来了。我想对他多说点好话。
特烈普列夫　(上)已经没人了。
多　尔　恩　我在这儿。
特烈普列夫　玛申卡[1]满园子找我。她真讨厌。
多　尔　恩　康斯坦丁·加夫里雷奇,我非常喜欢您写的戏。它有点奇怪,我也没看到结尾,但还是印象深刻。您是有才华的人,您应该继续。

特烈普列夫用力握他的手,热烈拥抱。

　　　　　　　嗨,您真激动,热泪盈眶的……我想说什么来着?您从抽象的思想中创造情节,就应该如此,因为艺术作品一定表达着某种深广的思想。只有严肃的东西才是美的。您的脸色苍白!
特烈普列夫　您是说我应该继续?
多　尔　恩　是的……但只描写重要的和永恒的东西。您知道,

---

1. 玛莎的爱称。

　　　　　　　我这辈子的生活很丰富，很有味道，我很满意，可是如果能体验到艺术家创作时那种精神的亢奋，那么，我觉得，我就会鄙视自己的物质外壳和与之相关的一切，凌空而去，飞得高高的、远远的。

特烈普列夫　对不起，扎列奇娜娅在哪儿？
多　尔　恩　还有，作品应该有清晰的、明确的思想。您应该知道为什么而写，否则，如果您走上这条风景如画的大道而没有明确的目的，您就会迷路，您的才华会把您毁掉。
特烈普列夫　（急不可耐地）扎列奇娜娅在哪儿？
多　尔　恩　她回家去了。
特烈普列夫　（绝望地）我怎么办？我想看到她……我必须看到她……我走了……

玛莎上。

多　尔　恩　（对特烈普列夫）平静点，我的朋友。
特烈普列夫　但我还是要走。我应该走。
玛　　　莎　康斯坦丁·加夫里雷奇，进屋去吧。您的妈妈在等您。她不放心。
特烈普列夫　对她说我走了。我求你们大家让我安静点！别管我！别跟着我！
多　尔　恩　得了，得了，得了，亲爱的……不能这样……这样不好。

特烈普列夫 （哭腔）再见，医生。谢谢……（下）

多 尔 恩 （叹气）太年轻了，太年轻了！

玛　　莎 没话可说了，就会说：太年轻，太年轻……（嗅鼻烟壶）

多 尔 恩 （从她手里夺过鼻烟壶，扔到灌木丛里）这样很讨厌！

停顿。

他们好像在屋里弹琴。得进去了。

玛　　莎 等一下。

多 尔 恩 干什么？

玛　　莎 我又想跟您说话了。我想说说话……（紧张局促）我不喜欢我的父亲……可是心里却跟您很亲。不知为何，我总觉得您跟我很亲近……您帮帮我，帮帮我，否则我会干蠢事的，我会嘲弄自己的生活，会毁掉它……我再也受不了了……

多 尔 恩 怎么回事？帮什么？

玛　　莎 我很痛苦。没有人，没有人知道我的痛苦！（把头靠在他的胸前，小声地）我爱康斯坦丁。

多 尔 恩 大家都多么神经质啊！大家都多么冲动啊！多少爱情啊……哦，迷人的湖！（温柔地）可是我能做什么，我的孩子？我能做什么？做什么？

幕落。

第二幕

槌球场。右边远处是一座有大阳台的房子,左边可以看到湖,明亮的太阳倒映在湖中。花畦。正午。天气炎热。球场的侧面,在一棵老椴树的树荫里,阿尔卡基娜、多尔恩和玛莎坐在长凳上。多尔恩的膝头放着一本打开的书。

阿尔卡基娜 (对玛莎)来,我们站起来。

两人站起来。

我们并排站着。您二十二岁,我的年纪差不多是您的一倍。叶甫盖尼·谢尔盖伊奇,我们俩谁更年轻?

多 尔 恩 当然是您。

阿尔卡基娜 你瞧……为什么呢?因为我工作,我感受,我总是忙碌着,而您总是待在原地,不投入生活……我还有一个原则:不看将来。我从来都不想什么老呀死呀的。该来的逃不掉。

玛　　莎	而我觉得我好像已经出生很久很久了，我拖着我的生命，就像拖着长长的、没有尽头的裙摆……我经常一点活着的意愿也没有。（坐下）当然了，这都是胡扯。人应该振作，要摆脱这些想法。
多　尔　恩	（小声哼唱）"我的花儿，请讲给她听……"
阿尔卡基娜	而且我和英国人一样，总是彬彬有礼。亲爱的，我就像常言说的，总是一丝不苟，总是穿戴梳洗comme il faut[1]。我从来不会穿着睡衣或者不梳头就出门，哪怕只是去花园。我能保持青春，就是因为我从不邋里邋遢，从不像有些人一样放纵自己……（叉着腰在球场上走来走去）所以你看，我就像雏鸡一样，就是演十五岁的女孩也没问题。
多　尔　恩	好吧。不过我还是继续读吧。（拿起书）我们读到了粮店老板和老鼠……
阿尔卡基娜	粮店老板和老鼠。读吧。（坐下）但是，给我吧，我来读。（接过书，目光在上面寻找）和老鼠……在这儿……（读）"当然，上流社会的人宠爱小说家，把他们吸引到身边，就像粮店老板在自己的粮仓里养老鼠一样危险，然而他们却乐此不疲。因而，当女人选定一个作家，想把他迷住时，总是用赞扬、恭维和奉承来包围他……"嗯，法国人可能是这样，但我们这儿完全不是，根本没有什么策划。我们的女人在迷住作家之前，对不起，自己已经完全陷入爱情了。远的不

---

1. 法语，得体。

说，就说我和特里果林……

| 索林拄着拐杖走来，妮娜走在他旁边，梅特维金科推着空轮椅跟在后面。

索　　林　（用哄孩子的语气）哦？咱们很高兴？今天咱们终于开心了？（对妹妹）今天我们很高兴！她的父亲和继母去特维尔了，现在我们有整整三天的自由。

妮　　娜　（坐在阿尔卡基娜身边，拥抱她）我很幸福！现在我属于您了。

索　　林　（坐在自己的轮椅上）今天她很漂亮。

阿尔卡基娜　打扮得很漂亮，很有味道……所以说您是聪明人，（吻妮娜）但不能过分夸奖，要不咱们会被夸出毛病的。鲍里斯·阿列克塞伊奇在哪儿？

妮　　娜　他在浴棚钓鱼。

阿尔卡基娜　他怎么就是没够！（想继续读）

妮　　娜　您这是在读什么？

阿尔卡基娜　莫泊桑的《在水上》，亲爱的。（小声读了几行）嗯，下面很没意思，不真实。（合上书）我心里很不安。你们说，我儿子怎么了？他为什么那么孤僻，那么不合群？他整天在湖边，我几乎见不到他。

玛　　莎　他心里不好受。（对妮娜，胆怯地）请您读一段他的剧本吧！

妮　　娜　（耸耸肩）您想听？一点意思都没有。

玛　　莎　（抑制着兴奋）他自己读什么东西的时候，总是眼睛发亮，脸色变得苍白。他的嗓音很美，很忧伤，气质很像诗人。

| 传来索林的鼾声。

多　尔　恩　晚安！
阿尔卡基娜　彼得鲁沙！[1]
索　　林　啊？
阿尔卡基娜　你睡着了？
索　　林　根本没有。

| 停顿。

阿尔卡基娜　你不肯看病，这可不好，哥哥。
索　　林　我倒是想看，可是医生不愿意给我看。
多　尔　恩　六十岁了，还看什么！
索　　林　六十岁也想活。
多　尔　恩　（厌烦）嘿！得了，服点缬草酊吧。
阿尔卡基娜　我觉得他应该去个有温泉的地方疗养。
多　尔　恩　也许吧，可以去，也可以不去。
阿尔卡基娜　那你就弄明白。
多　尔　恩　没什么可弄明白的，一切都很清楚。

---

1. 彼得的爱称。

停顿。

梅特维金科　彼得·尼古拉伊奇应该戒烟。

索　　林　瞎扯什么。

多　尔　恩　不,不是瞎扯。酒和烟让人失去自我。您抽了一支烟或者喝了一杯伏特加后就不是彼得·尼古拉伊奇,而是彼得·尼古拉伊奇再加上别人,您的"我"就模糊了,您对自己就像对第三者——他——一样了。

索　　林　(笑)您所言极是。您过着称心的日子,但我呢?我在法律部门服务了二十八年,但还没真的生活过,到头来什么都没体验过,可想而知,我很想生活。您衣食无忧,无欲无求,所以有点哲学兴致,而我想生活,所以吃饭的时候就喝几杯赫雷斯酒,抽几支烟。就是这么回事。

多　尔　恩　您应该严肃地对待生活。在六十岁上求医看病,遗憾年轻时缺少乐趣,对不起,这很轻浮。

玛　　莎　(站起来)大概该吃早饭了。(懒洋洋地、没精打采地走开)腿都坐麻了……(下)

多　尔　恩　早饭前她要去喝上两杯。

索　　林　这可怜的姑娘没有自己的幸福。

多　尔　恩　这是废话,阁下。

索　　林　您是站着说话不腰疼。

阿尔卡基娜　唉,乡下这种可爱的百无聊赖是最最无聊的!天很热,很安静,没有人做事情,大家全都夸夸其谈……和你们在一起很好，朋友们，听你们说话很舒服，可是……坐在旅馆的房间里背台词要有趣得多！

妮　　　娜　（兴奋地）确实！我理解您。

索　　　林　当然，在城里比较好。你可以待在自己的办公室，听差不通报谁都不能进来，还有电话……街上有马车，什么都……

多　尔　恩　（哼唱）"我的花儿，请讲给她听……"

沙穆拉耶夫上，波丽娜·安德烈耶夫娜随后。

沙穆拉耶夫　我们的人在这儿呢。日安！（吻阿尔卡基娜的手，然后吻妮娜的手）看到您身体健康我太高兴了。（对阿尔卡基娜）我妻子说，您准备今天和她一起进城，是真的吗？

阿尔卡基娜　是的，我们是这么打算的。

沙穆拉耶夫　嗯……这很好，可是最尊贵的女士，您坐什么去呢？今天我们要运黑麦，所有帮工都没空。还有，用什么马呢，敢问？

阿尔卡基娜　用什么马？我怎么知道用什么马！

索　　　林　我们有驾车的马。

沙穆拉耶夫　（激动）驾车的马？那么我到哪儿去弄套具，我到哪儿去弄套具？怪事！真不可思议！最尊贵的女士！我崇敬您的天才，我愿意为您付出十年的生命，可是我不能给您马！

阿尔卡基娜	可如果我非走不可呢？怪事！
沙穆拉耶夫	最尊贵的女士！您不知道农活是怎么回事！
阿尔卡基娜	（发火）这真是岂有此理！如果这样，今天我就去莫斯科。让人在村里给我雇马，否则我就走着去车站！
沙穆拉耶夫	（发火）如果这样我就不干了！您另请高明吧！（下）
阿尔卡基娜	每个夏天都是这样，每个夏天我都得在这儿受气！我再也不来这儿了！

│从左边下，浴棚在那边。一分钟后可以看到她进屋去，特里果林拿着钓竿和桶跟在她身后。

索　　林	（发火）这简直太蛮横无理了！鬼才知道这算怎么回事。我实在受不了了。马上把所有的马都牵到这儿来！
妮　　娜	（对波丽娜·安德烈耶夫娜）竟然拒绝伊丽娜·尼古拉耶夫娜，著名的演员！她所有的愿望，甚至任性，难道不比你们的农活重要吗？真是难以置信！
波丽娜·安德烈耶夫娜	（绝望地）我能怎么样？您设身处地地想想，我能怎么办？
索　　林	（对妮娜）我们去我妹妹那儿……我们一起求她，不让她走好不好？（望着沙穆拉耶夫的背影）这人真让人受不了！暴君！

妮　　　娜	（拦着他，不让他起来）您坐着，坐着……我们推您去……（她和梅特维金科推轮椅）哦，这多可怕呀！……
索　　　林	是啊，是啊，这很可怕……但他不会走的，我马上去跟他谈谈。

| 他们下。只剩下多尔恩和波丽娜·安德烈耶夫娜。

多　　　恩	这些人真没劲。其实应该让您丈夫从这儿滚蛋，可是到头来一定是彼得·尼古拉伊奇这个老太婆[1]和他的妹妹反过来向他道歉了事。您看着吧！
波丽娜·安德烈耶夫娜	他把驾车的马也赶到地里了。每天都有这样的争执。您不知道这些事让我多紧张！我都病了，您瞧，我在发抖……我真受不了他的粗鲁。（恳求地）叶甫盖尼，亲爱的，我的亲人，收下我吧……我们的时间不多了，我们已经不再年轻了，多希望我们不用再偷偷摸摸，不用作假，哪怕只是在暮年也好……

| 停顿。

多　　　恩	我五十五岁了，来不及改变自己的生活了。
波丽娜·安德烈耶夫娜	我知道您会拒绝我，因为除了我，您还有别的女人，您不能把所有的女人都带回家。我明白。对

---

1. 这是说他优柔寡断、性格懦弱的意思。

不起，您已经厌倦我了。

| 妮娜出现在房子旁边，她在摘花。

多 尔 恩　　没事，没关系。

波丽娜·安德烈耶夫娜　　我因嫉妒而痛苦。当然了，您是医生，您避不开女人。我懂……

多 尔 恩　　（对走近的妮娜）那边怎么样了？

妮　　娜　　伊丽娜·尼古拉耶夫娜在哭，彼得·尼古拉伊奇犯了哮喘。

多 尔 恩　　（站起来）得去给他们俩服点缬草酊……

妮　　娜　　（把花给他）好吧。

多 尔 恩　　Merci bien.[1]（走向房子）

波丽娜·安德烈耶夫娜　　（和他一起走）多可爱的花儿啊！（在房子旁，粗着嗓子）把这些花儿给我！把这些花儿给我！（接过花，把它们扯烂，扔到一边。两人进屋）

妮　　娜　　（一个人）看见一个著名女演员哭，而且是为了那么无谓的原因，真是奇怪！而那个著名作家呢，他深受读者爱戴，所有报纸都在谈论他，到处都在卖他的肖像，他的作品还被翻译成了外语，可他却整天抓鱼，为了钓到两条圆鳍雅罗鱼而兴高采烈。我以为名人都很骄傲，很难接近，以为他们蔑视大众，他们的名气和耀眼的名字好像在对大众进行报复，因为大众认为出身和财富高于一

---

1. 法语，谢谢。

切,但实际上他们却和大家一样哭泣、钓鱼、玩牌、笑、生气……

特烈普列夫 (上,没戴帽子,拿着一支猎枪和一只打死了的海鸥)这儿只有您一个人?

妮　　娜 只有我一个人。

特烈普列夫把海鸥放在她的脚边。

这是干什么?

特烈普列夫 我很卑鄙地把这只海鸥杀死了。现在我把它放在您的脚下。

妮　　娜 您怎么了?(拾起海鸥,打量着它)

特烈普列夫 (停顿片刻)很快我也会这样杀死自己。

妮　　娜 我认不出您来了。

特烈普列夫 是啊,不过是我先认不出您的。您背叛了我,您的目光冷冷的,我的行为让您难堪了。

妮　　娜 最近您变得易怒,说话很令人费解,总用象征。看样子,这只海鸥也是象征,可是,对不起,我不明白……(把海鸥放到长凳上)我太普通了,理解不了您。

特烈普列夫 这一切都是从那个晚上开始的:我的戏愚蠢地演砸了,而女人是不能容忍失败的。我把剧本全烧了,一个纸片儿都不剩。您不知道我多么不幸!您的冷淡很可怕,令人难以置信,好像我一觉醒来看到湖水忽然干涸或者流进地下了。刚才您说您太普通,理解不了我。哦,有什么要理解的?!您不喜欢我的戏,您鄙视我的灵感,您觉得我像很多人一样平庸、渺小了……(跺脚)我明白得很,非常明白!我的脑子里好像有颗钉子,让它和我的自尊一块挨诅咒吧,我的自尊就像一条蛇,它吸着我的血,吸呀吸……(看到特里果林读着一个小册子走过来)一个真正的天才来了,他走路像哈姆雷特,也拿着本书。(模仿)"词语,词语,词语……"这个太阳还没走到您面前,您就开始微笑了,您的目光在他的照耀下融化。我不打扰您了。(急下)

特里果林 (在小册子上记着)闻鼻烟,喝伏特加……总是穿黑衣服。一个教师爱她……

妮　　娜 您好,鲍里斯·阿列克塞伊奇!

特里果林 您好。情况忽然发生了变化,也许我们今天就要走了。我们未必还有再见之时,很可惜。我不常遇到年轻的姑娘,年轻又有趣的姑娘。我已经忘记,也不能清楚地想象十八九岁时的感受了,所以在我的中篇小说和短篇小说里,年轻姑娘的形象都不太真实。我真希望能处在您的位置上,哪怕只有一个小时也好,我想了解您的感受和想法,想了解您是一个什么样的人。

妮　　娜 而我想处在您的位置上。

特里果林 为什么呢?

妮　　娜 想知道著名的、天才的作家的感受。他对名气有什么感受？您对您是名人这件事有什么感觉？

特里果林　有什么感觉？应该没什么感觉。我从来不想这件事。(想了想)二者必居其一，或是您夸大了我的知名度，或者知名度是一种根本就让人感觉不到的东西。

妮　娜　如果在报上看到自己呢？

特里果林　别人称赞你的时候，很愉快；别人骂你的时候，会有两天心情不好。

妮　娜　世界真奇妙！您不知道我多羡慕您！人的命运有天壤之别。一些人过着乏味且无声无息的生活，大家彼此相似，全都很不幸；另一些人，比如您，万里挑一的人，却摊上了一种有趣的、光明的、充满意义的生活……您是幸运的……

特里果林　我吗？(耸耸肩)嗯……刚才您说名气、幸福，说某种光明的、有趣的生活，可是对我来说，这些好听的词，对不起，就像我从没吃过的水果软糖。您很年轻，很善良。

妮　娜　您的生活很美妙！

特里果林　妙在哪里？(看表)现在我该去写作了。对不起，我没有时间……(笑)您，就像常言说的，碰到了我的痛处，搞得我开始激动，还有点生气。管它呢，索性谈谈好了……嗯，从哪儿说起呢？(想了想)有一种强迫症，就是一个人不管白天黑夜地一直想一个东西，比方说，月亮，我也有自己的那个月亮。一个无法摆脱的念头日日夜夜地包围着我：我应该写，我应该写，我应该写……我刚写完一个中篇小说，不知为何，就该写下一个了，然后是第三个，第三个之后是第四个……我不停地写，就像驿站的马一样，周而复始，停不下来。这有什么美好和光明的，请问？哦，多野蛮的生活呀！现在我和您在一起，我情绪激动，可是同时我时时刻刻记得，一篇没写完的小说在等着我。现在我看见一朵云的形状像钢琴，我就想，应该在哪个小说里提到，飘浮着一朵形状像钢琴的云。现在一闻到天芥菜的味道，就赶快记在心里：味甜腻，颜色发暗，描写夏日傍晚时要用到。我捕捉自己和您的每句话、每个词，赶快把这些句子和词锁进自己的文学仓库：说不定有用呢！当我结束工作，跑去看戏或者钓鱼，是不是可以休息休息，忘记这些呢？哼，不行，我的脑子里转动着一个沉重的铁球——新的情节又来了，想去书桌旁，赶快写呀写呀的。一直一直都是如此，我让自己不得安宁，我觉得我在吃掉生命本身，为了把蜜献给远方的某人，我从自己最好的花上采集花粉，糟践花朵，践踏它们的根。我难道不是疯子吗？难道我的亲朋好友把我当成健康人对待吗？"您在写什么？您要给我们看什么东西？"千篇一律，千篇一律！我觉得，熟人们的这种关注、夸奖、赞美，全都是欺骗。他们骗我，就像骗一个病人。有时候我害怕有人会从我的身后悄悄凑上来，把我抓住，送到疯人院，就像波普利辛[1]一样。在我年轻的时候，在那些最好的年华，我刚开始写作，那时我的写作纯属是受罪。一个不出名的作家，特别是当他不走运时，总是觉得自己笨拙、多余，他神经紧张，忍不住在与文学和艺术有关的人周围晃来晃去。他没得到承认，默默无闻，不敢直视别人的眼睛，就像一个没钱的狂热赌徒。那时我看不到自己的读者，但不知为何，我想象他们是不友善、不可信的。我害怕读者，觉得他们很可怕。新剧上演时，我总是觉得黑发的人充满敌意，金发的人冷漠无情。哦，这多可怕啊！这是多痛苦的折磨！

妮　　娜　对不起，可是难道灵感和创作过程本身不会给您带来兴奋的、幸福的时刻吗？

特里果林　是的，写作时我很愉快，读校样时也很愉快，可是……一旦发表，我就受不了了，就看出来我写得不好，写得不对，觉得根本不应该写。我满心沮丧，心情恶劣……（笑）读者读了以后说："是的，很不错，有才华……不错，但比托尔斯泰差得远。"或："很好的作品，但屠格涅夫的《父与子》更好。"就这样，直到进棺材，永远只是不错和有才华，不错和有才华——再没有别的了。等我死了，熟人经过我的墓地时还是会说：

---

1. 果戈理的小说《狂人日记》的主人公。

> "这里躺着特里果林。他是个好作家,但写得不如屠格涅夫。"

妮　　　娜　对不起,我不能理解您。您只是被成功宠坏了。

特里果林　什么成功?我从来都不喜欢自己。我不喜欢作为作家的自己。最糟的是,我昏昏沉沉,经常不明白我写的东西……我爱这水,这树,这天空,我感受到大自然,它唤起我不可遏制的写作欲望。但要知道,我不仅是描写风景的人,我还是一个公民,我爱祖国,爱人民,我感到,既然我是作家,那么就有责任表现人民,表现人民的痛苦和未来,还应该谈论科学,谈论人的权利,等等,于是我就什么都写。我急急忙忙,被人四面驱赶,人们生我的气,我就像一只被猎狗追逐的狐狸一样东突西撞,我看到生活和科学不断地前进,而我总是落伍、落伍,就像一个误了火车的庄稼汉。到最后,我觉得我只会描写风景,在其他方面则是个假货,假到家了。

妮　　　娜　您工作太累了,所以没有时间和意愿意识到自己的意义。就算您对自己不满,但对别人来说,您是伟大的、杰出的!如果我是像您一样的作家,我会把整个生命都献给大众,但我会意识到,大众的幸福只是可以仰望我,为我驾驶战车。

特里果林　好家伙,还战车呢……难道我是阿伽门农[1]吗?

---

1. 希腊史诗《伊利亚特》中的迈锡尼王,特洛伊战争中的希腊联军统帅。

两个人都笑了。

妮　　娜　如果能成为作家或演员,为了这样的幸福,我能忍受亲朋的疏远、贫穷和绝望;我可以住在阁楼上,只吃黑面包;我甘愿因为对自己不满、为意识到自己的不完美而痛苦,但我要名气……真正的、轰动的名气……(两手捂脸)我头都晕了……哎呀!……

阿尔卡基娜的声音:"鲍里斯·阿列克塞伊奇!"

特里果林　在叫我呢……大概要收拾东西了。但我不想走。(向湖那边眺望)景色多么宜人呀!……多好啊!
妮　　娜　看到对岸的房子和花园了吗?
特里果林　看到了。
妮　　娜　那是我过世的母亲的庄园。我是在那儿出生的。我一辈子都在湖边度过,了解它的每一个小岛。
特里果林　你们这儿真好!(看到海鸥)这是什么?
妮　　娜　一只海鸥。康斯坦丁·加夫里雷奇打死的。
特里果林　一只美丽的鸟儿。真的,真不想走。您劝劝伊丽娜·尼古拉耶夫娜吧,劝她留下来。(在小册子上写字)
妮　　娜　您写什么呢?
特里果林　我记下来……闪过了一个情节……(收起小册子)一个小短篇的情节:一个像您一样自幼住在湖边

的年轻姑娘，她像海鸥一样爱着这湖，也像海鸥一样幸福自由。可是一个偶然来的人看到了她，因为无事可做，就把她毁了，就像这只海鸥。

停顿。

阿尔卡基娜出现在窗口。

阿尔卡基娜　鲍里斯·阿列克塞伊奇，您在哪儿？

特里果林　来了！（边走边回头看妮娜；在窗边对阿尔卡基娜）怎么样？

阿尔卡基娜　我们不走了。

特里果林进屋，下。

妮　　娜　（愣了片刻，走到台边）这是一场梦！

幕落。

第三幕

索林家的餐厅。左右开门,餐具柜,药品柜,房间当中摆着桌子。房间里有一只箱子和一些盒子,显然在准备出门。特里果林在吃早饭,玛莎站在桌旁。

玛　　莎　给您讲这些因为您是作家,这可能对您有用。我跟您说实话,要是他把自己伤得很重,我就一分钟也活不下去了。可我毕竟有决断,我当即决定,把这爱情从心里拔出来,连根拔掉。
特里果林　怎么个拔法?
玛　　莎　出嫁。嫁给梅特维金科。
特里果林　那个教师?
玛　　莎　是的。
特里果林　我不明白这有什么必要。
玛　　莎　无望地爱,成年累月地期待着什么……等我出嫁了,就没时间爱了,新的心事会把旧的心事压下去。不管怎么说,您知道,是个变化。要不要再来一杯?

特里果林　不会太多吗?

玛　　莎　没事!(给两人各斟一杯)您不要这么看我。喝酒的女人比您想象的多。少数公开喝,就像我一样,多数偷偷喝。是的。而且总是喝伏特加或白兰地。(碰杯)敬您一杯!您平易近人,真舍不得跟您分别。

| 两人喝酒。

特里果林　我自己也不想走。

玛　　莎　那您请求她留下吧。

特里果林　不,现在她不会留下了。她儿子闹得太不像话。先是开枪自杀,现在,听说又要找我决斗。何必呢?闹脾气,闹别扭,鼓吹新的形式……其实地方有的是,新形式也罢,旧形式也罢,各有各的地方,何必往一处挤呢?

玛　　莎　嗯,还有嫉妒。不过,这不关我的事。

| 停顿。雅科夫拿着箱子从左边走到右边。妮娜上,在窗旁停下。

我那位当教师的不怎么聪明,但是个好人。他是个穷人,热烈地爱着我。我可怜他,也可怜他的老母亲。好了,请允许我祝您万事如意。不周之处请多原谅。(紧紧握手)非常感谢您对我抱着善意。请把您出的书寄给我,一定要带作者

题词。只是不要写什么"最尊敬的",就直接写"给身世不明、不知为何活在这个世界上的玛利亚"。别了!(下)

妮　　娜　(把攥着拳头的手伸向特里果林这边)双数还是单数?

特里果林　双数。

妮　　娜　(叹一口气)不对。我手里只有一颗豆子,我在占卜:要不要去当演员?哪怕有人能给我出个主意也好。

特里果林　这种事不能出主意。

停顿。

妮　　娜　我们就要分别了……可能,再也不会见面了。我请您接受我的这个小装饰品,当作纪念。我让人刻上了您名字的字母……这一面是您一本书的书名:《日日夜夜》。

特里果林　多别致啊!(吻这个圆形的饰物)多妙的礼物!

妮　　娜　希望您能偶尔想起我。

特里果林　我会想起您的。我会想起您在那个晴朗日子里的样子——记得吗?——一星期前,您穿着浅色的衣裙……我们交谈……那时候长凳上还放着一只海鸥。

妮　　娜　(沉思地)是啊,海鸥……

停顿。

> 我们不能再说了,有人来了……离开之前请给我两分钟,求求您……(从左侧下,同时阿尔卡基娜和索林从右侧上,索林穿着燕尾服,戴着星形勋章,忙着整理东西的雅科夫随后上)

阿尔卡基娜 老头儿,留在家里吧。你有风湿病,到处做客可吃不消。(对特里果林)刚才出去的是谁?是妮娜吗?

特里果林 是。

阿尔卡基娜 Pardon[1],我们打扰了……(坐下)好像都收拾好了。我累坏了。

特里果林 (读饰物上的字)《日日夜夜》,121页,第11至12行。

雅科夫 (收拾着桌子)钓竿也收起来吗?

特里果林 是的,我还要用它们。书就送人吧。

雅科夫 是。

特里果林 (自言自语)121页,第11至12行。这里写了什么?(对阿尔卡基娜)家里有我的书吗?

阿尔卡基娜 我哥哥书房的角柜里有。

特里果林 121页……(下)

阿尔卡基娜 真的,彼得鲁沙,留在家里吧……

索林 你们走了,没有你们,我在家里不好过。

阿尔卡基娜 在城里又怎么样呢?

---

1. 法语,对不起。

索　　　林　没什么特别的，但总会有点事，（笑）地方自治会、俱乐部奠基之类的……我想摆脱这种鲍鱼式的生活，哪怕一两个小时也好，我在同一个地方待得太久了，像个旧烟斗。我让马车一点前到，我们一起走。

阿尔卡基娜　（停顿片刻）嗯，你好好的，别想我，别着凉。照顾好我儿子，教导他。

停顿。

　　　　　　我就要走了，这样我就不会知道康斯坦丁为什么要自杀。我觉得主要是因为嫉妒，我越早把特里果林从这儿带走越好。

索　　　林　怎么跟你说呢？还有其他原因。本来嘛，一个年轻人，很聪明，住在乡下，偏僻闭塞，没有钱，没有地位，没有未来，什么事儿也没有。他为无所事事感到羞耻，感到害怕。我非常爱他，他也很依恋我，可是说到底，他觉得自己是多余的人，是个寄人篱下的食客。当然了，自尊心嘛……

阿尔卡基娜　他真让我头疼！（沉思）他是不是应该去政府机构找个工作……

索　　　林　（吹口哨，然后犹豫地）我觉得最好是，要是你……给他一点钱。首先他总得穿得体面，不是吗？你看，一件上衣他穿了三年，也没有大衣……（笑）

	也不妨去玩玩……出个国什么的……要知道，这也并不贵。
阿尔卡基娜	不管怎么说……或许，买衣服我还可以，至于出国……不，现在连衣服钱我也没有。（坚决地）我没有钱！

索林笑。

	没钱！
索　　林	（吹口哨）原来如此。对不起，亲爱的，别生气。我相信你……你是宽厚仁慈的女人。
阿尔卡基娜	（哭腔）我没有钱！
索　　林	要是我有钱的话，当然了，就给他了。可是我什么都没有，一个子儿也没有。（笑）管家把我的退休金都拿走了，用在种地、养牛、养蜂上，我的钱都白赔进去了。蜜蜂死了，母牛死了，马也不让我用……
阿尔卡基娜	是的，我有钱，可我是演员，光是服饰就叫我彻底破产了。
索　　林	你是善良的、可爱的……我尊敬你……是的……可是我又有点不舒服……（摇晃）头晕……（扶桌子）我难受得很。
阿尔卡基娜	（害怕地）彼得鲁沙！（尽力扶住他）彼得鲁沙，我亲爱的……（喊）来人哪！来人哪！……

头上缠着绷带的特烈普列夫和梅特维金科上。

	他犯病了！
索　　林	没事，没事……（微笑，喝水）已经过去了……好了……
特烈普列夫	（对母亲）别怕，妈妈，这不危险。舅舅现在经常这样。（对舅舅）舅舅，你需要躺一会儿。
索　　林	躺一会儿，是的……不过我还是要进城……本来嘛……（拄着拐杖走）
梅特维金科	（扶着他的胳膊）有个谜语，早上四条腿，中午两条腿，晚上三条腿……
索　　林	（笑）真是这样。到晚上可就躺平了。谢谢您，我自己能走……
梅特维金科	瞧，这么客气！……（他和索林下）
阿尔卡基娜	他把我吓坏了！
特烈普列夫	乡下的生活对他的健康不好。他闷得慌。要是你，妈妈，慷慨一下，借给他一千五或两千卢布，他就能在城里住上一年。
阿尔卡基娜	我没有钱。我是演员，不是银行家。

停顿。

特烈普列夫　妈妈，给我换个绷带吧。这个你做得很好。
阿尔卡基娜　（从药品柜里取出碘酒和放包扎用品的小箱子）医生也来晚了。

特烈普列夫　　他说十点来,已经十二点了。

阿尔卡基娜　　坐下。(取下他头上的绷带)看你这绷带缠的……昨天,在厨房,有个陌生人还打听你是哪族人呢。你的伤差不多全好了,只剩一点了。(吻他的头)我走了以后你不会再"砰!"这么干了吧?

特烈普列夫　　不会了,妈妈。那是瞬间的疯狂绝望,我控制不住自己。再也不会这样了。(吻她的手)你有一双金子一样的手。我记得很久以前,那时候你还在国家剧院演戏——那时候我很小——我们的院子里有人打架,那个租房子的洗衣女工被打得很厉害。你记得吗?她昏了过去,是被人架走的……你总是去看她,给她带药,用洗衣盆给她的孩子洗澡。难道你不记得了?

阿尔卡基娜　　不记得了。(缠新的绷带)

特烈普列夫　　那时候有两个芭蕾舞演员和我们住在同一座房子里……她们来找你喝咖啡……

阿尔卡基娜　　这个我记得。

特烈普列夫　　她们非常虔诚。

| 停顿。

最近,就是最近两天,我像小时候一样满怀柔情,一心一意地爱你。现在除了你我再没有别人了。只是你为什么,为什么要受这个人的影响?

阿尔卡基娜　　你不理解他,康斯坦丁。这是一个最高尚的人……

特烈普列夫	可是当别人告诉他我要找他决斗时,高尚并不妨碍他当一个胆小鬼,他要走了,卑怯地逃跑!
阿尔卡基娜	胡说!是我求他离开这儿的。
特烈普列夫	最高尚的人!现在我跟你快因为他吵起来了,而他却在客厅或花园的什么地方笑我们呢……正开导妮娜,极力让她相信他是个天才作家呢。
阿尔卡基娜	你这么说只是为了让我难受,我难受你就开心了。我尊敬这个人,请不要当着我的面说他的坏话。
特烈普列夫	我不尊敬他。你想让我也承认他是个天才,但是对不起,我不会撒谎,我讨厌他的作品。
阿尔卡基娜	这是嫉妒。没有天分却有野心的人唯一能做的就是攻击真正的天才。那还用说,以此为乐嘛!
特烈普列夫	(嘲讽地)真正的天才!(愤怒地)我比你们所有人都有才能,既然话说到这儿了!(把头上的绷带扯下来)你们这些墨守成规的人,在艺术中占据了有利地位,就以为只有你们自己做的才是正统的、真正的艺术,其他东西你们统统压制、统统扼杀!我不承认你们!我既不认可你,也不承认他!
阿尔卡基娜	你是颓废派!……
特烈普列夫	到你那可爱的剧院,演你那些可怜的、平庸的戏去吧!
阿尔卡基娜	我从没演过这样的戏。走开!你连可怜的轻松喜剧都写不出来!基辅的小市民!吃白饭的!
特烈普列夫	吝啬鬼!

阿尔卡基娜　邋遢鬼!

特烈普列夫坐下,小声哭泣。

废物!(激动地来回走)别哭。不要哭……(哭)不要……(吻他的前额、面颊、头顶)我亲爱的孩子,原谅我……原谅你有罪的母亲吧。原谅我这不幸的女人吧。

特烈普列夫　(拥抱她)你不知道!我失去了一切。她不爱我,我也不能写了……一切希望都落空了……

阿尔卡基娜　不要绝望……一切都会过去的。他马上就要走了,她会重新爱你。(为他擦眼泪)好了,我们已经和解了。

特烈普列夫　(吻她的手)是的,妈妈。

阿尔卡基娜　(温柔地)去跟他和解吧。不要决斗……不值得,是不是?

特烈普列夫　好吧……只是,妈妈,别让我看见他。这让我太难受……我受不了……

特里果林上。

好……我出去了……(迅速把药收进柜子)让医生给我包扎吧……

特里果林　(在书中翻找)121页……第11至12行……在这儿……(读)"如果什么时候你需要我的生

命,就来把它拿去。"

特烈普列夫把绷带捡起来,下。

阿尔卡基娜　(看看表)马车快到了。
特里果林　(自言自语)如果什么时候你需要我的生命,就来把它拿去。
阿尔卡基娜　你都收拾好了吧?
特里果林　(不耐烦地)是,是……(沉思地)为何我在这纯洁心灵的呼唤中听出了悲伤,为何我的心那么疼痛地揪紧?……如果什么时候你需要我的生命,就来把它拿去。(对阿尔卡基娜)我们再留一天!

阿尔卡基娜否定地摇头。

　　　　　　留下吧!
阿尔卡基娜　亲爱的,我知道是什么把你拴在这儿。但是你要克制自己。你有点醉了,清醒清醒吧。
特里果林　你也清醒点,聪明点,理智点吧。我求你像真正的朋友一样看待这一切……(握她的手)你是能做出牺牲的……做我的朋友吧,放开我……
阿尔卡基娜　(非常激动)你那么着迷了吗?
特里果林　她对我有吸引力!也许这正是我所需要的。
阿尔卡基娜　一个外省小女孩的爱情?唉,你多么不了解自己啊!

特里果林 有时候人会边走路边睡觉,现在我就是这样,一边和你说话,一边好像在睡觉,在梦见她……我沉浸在甜蜜美妙的梦想中……放了我……

阿尔卡基娜 (颤抖)不,不……我是个平凡的女人,你不能这样和我说话……不要折磨我,鲍里斯……我怕……

特里果林 如果你愿意,你可以做一个不平凡的女人。年轻的、美妙的、诗意的,把人带入梦想世界的爱情——世界上只有这一种东西可以给人幸福!我还没体验过这样的爱情……年轻时顾不上,整天拜访编辑部,和贫困做斗争……现在它来了,这样的爱情终于来了,它诱惑着我……为什么要逃避它呢?

阿尔卡基娜 (愤怒地)你疯了!

特里果林 无所谓。

阿尔卡基娜 今天你们串通好了来折磨我!(哭)

特里果林 (抱住头)她不理解!不想理解!

阿尔卡基娜 难道我已经那么老,那么不堪,可以让你毫不顾忌地跟我谈论别的女人了?(拥抱他,吻他)哦,你疯了。我的好人,亲人……你是我生活中的最后一页!(跪下)我的欢乐,我的骄傲,我的幸福……(抱住他的腿)如果你离开我哪怕一个小时,我都受不了,我会发疯,我的了不起的、杰出的人,我的主人……

特里果林　会有人来的。(扶她起来)

阿尔卡基娜　我不管,我不因爱你而羞耻。(吻他的双手)我的宝贝,你太冲动了,你想发疯,但我不想,我不放你走……(笑)你是我的……你是我的……这前额是我的,这双眼睛是我的,这美丽柔滑的头发也是我的……你全部是我的。你那么有天分,那么聪明,是现在最好的作家,是俄罗斯唯一的希望……你那么真诚、朴实,有新鲜的活力和健康的幽默感……你可以用寥寥数语写出人物或风景的精髓,你写的人物栩栩如生。哦,读你的书不可能不拍案叫绝!你以为这是阿谀,是奉承?来,看着我的眼睛……我像撒谎的人吗?你看,只有我一个人知道你的价值,只有我一个人对你说实话,我亲爱的,我的好人……你会跟我走的,是吧?你不会离开我吧?……

特里果林　我没有自己的意志……我从来没有过自己的意志……我是个萎靡、散漫的人,总是顺从——难道女人喜欢这个?你抓住我,把我带走吧,不过别让我离开你一步……

阿尔卡基娜　(自言自语)现在他是我的。(很自然地,好像什么事都没发生一样)不过,如果你愿意,可以留下,我自己走,你随后来,过一个星期以后。也是,你有什么可着急的?

特里果林　不,要走我们一起走。

阿尔卡基娜　随你的便,一起走就一起走……

停顿。

特里果林在书上写字。

你写什么呢?
特里果林　早上听到一个好词:"处女林……"会有用的。(伸懒腰)那么,要走了?又是车厢,车站,小吃部,煎肉饼,闲聊……
沙穆拉耶夫　(上)我荣幸而悲伤地宣布,马车来了。最尊敬的女士,该去车站了,火车两点五分到。对了,伊丽娜·尼古拉耶夫娜,劳您驾,别忘了打听打听演员苏兹达里采夫现在在哪儿。他还健在吗?当年我跟他一起喝过酒……他的《被抢劫的邮车》演得可棒了,简直没法比……我记得,当时和他一起在伊丽莎白格勒剧场演戏的还有悲剧演员伊兹马伊洛夫,也棒得很……别急,最尊敬的女士,还可以等五分钟。有一次他们在一个传奇剧[1]里演坏人,当他们突然被抓住的时候,要说"我们掉进陷阱了",伊兹马伊洛夫就说"我们掉进馅饼了"……(哈哈大笑)馅饼!……

他说话时,雅科夫在箱子旁忙活,女仆给阿尔卡基娜拿来帽

---

1. 十八九世纪时欧洲的一种戏剧类型,特点是善恶分明,具有激烈的情节和夸张的激情。

子、大氅、伞、手套,大家帮阿尔卡基娜穿衣服。厨师在右边出现,过了片刻,迟疑地上。波丽娜·安德烈耶夫娜上,随后索林和梅特维金科上。

波丽娜·安德烈耶夫娜	(拿着小篮子)这些李子路上吃吧……很甜。也许您会想吃点好吃的东西……
阿尔卡基娜	您太好心了,波丽娜·安德烈耶夫娜!
波丽娜·安德烈耶夫娜	再见,我亲爱的!不周之处请多原谅。(哭)
阿尔卡基娜	(拥抱她)一切都很好,一切都很好。就是不该哭。
波丽娜·安德烈耶夫娜	我们的好时候快过去了!
阿尔卡基娜	有什么办法!
索　　林	(穿着带披肩的大衣,戴着帽子,挂着拐杖从左门上,走过整个房间)妹妹,该走了,别到头来误了火车。我上车去了。(下)
梅特维金科	我走着去车站……送送你们。我赶快走了……(下)
阿尔卡基娜	大家再见了,我亲爱的……如果没病没灾的,到夏天我们再见面……

女仆、雅科夫和厨师吻她的手。

	别忘了我。(给厨师一个卢布)这个卢布是给你们三个人的。
厨　　师	多谢您了,太太。祝您一路平安!万事如意!
雅　科　夫	平安吉祥!

沙穆拉耶夫 盼您来信，让我们高兴高兴！回见，鲍里斯·阿列克塞伊奇！

阿尔卡基娜 康斯坦丁在哪儿？告诉他我要走了，应该告别一下。好了，不周之处请多原谅。（对雅科夫）我给了厨师一卢布。这是给你们三个人的。

所有人从右侧下。舞台上没有人。后台传来送行的喧闹。女仆回来，从桌子上拿起盛着李子的篮子，再次下。

特里果林 （回来）我忘记了手杖。它好像在阳台上。（走过去，在左边门口遇到正进来的妮娜）是您？我们要走了……

妮　　娜 我觉得我们还会再相见的。（激动地）鲍里斯·阿列克塞伊奇，我下定决心了，我要演戏。明天我就不在这儿了。我要离开父亲，抛下一切，开始新的生活……我要离开，像您一样……去莫斯科。我们在那儿见。

特里果林 （四下望望）住在"斯拉夫市场"[1]吧……住下以后马上告诉我……我住蒙恰诺夫卡，格罗霍利斯基的宅子……我得赶紧走了……

停顿。

妮　　娜 再等一下。

---

1. 莫斯科的一家旅馆。

特里果林 （低语）您那么美……哦,想到我们马上就要见面,我多么幸福!

| 她靠到他的胸前。

> 我又可以看到这双美丽的眼睛,这美不可言的、温柔的笑容……这娇柔的容颜,这天使般纯洁的神情……我亲爱的……

| 长长地接吻。

| 幕落。
第三幕和第四幕之间隔了两年。

第四幕

索林家的一间客厅,已被康斯坦丁·特烈普列夫改为工作室。左右的门通向内室。玻璃门直通阳台。除了一般的客厅家具,右边角落放着一张书桌,左边门旁摆着土耳其式沙发。一个书柜,窗台上、椅子上放着书。——傍晚,亮着一盏有罩子的灯,光线幽暗。可以听到树在喧哗,烟囱里有风的呼号声,还有更夫打更的声音。梅特维金科和玛莎上。

玛　　莎　（喊）康斯坦丁·加夫里雷奇!康斯坦丁·加夫里雷奇!（各处看）没人。老头儿时刻都在问,科斯佳在哪儿,科斯佳在哪儿……离了他就没法活了……
梅特维金科　他怕孤单。（倾听）多可怕的天气,已经快两天了。
玛　　莎　（把灯拨亮）湖上有浪,大得很。
梅特维金科　花园里很黑。应该让人把那舞台拆了。光秃秃的,很难看,像个骨架子,风吹得幕布哗哗响。昨天晚上我路过那儿,觉得有人在后面哭。
玛　　莎　嗯,这个……

停顿。

梅特维金科　玛莎，咱们回家吧！
玛　　莎　（否定地摇摇头）我留在这儿过夜。
梅特维金科　（恳求地）玛莎，咱们走吧！我们的孩子该饿了。
玛　　莎　没事儿。马特廖娜会喂他。

| 停顿。

梅特维金科　可怜啊，已经两三天没看见母亲了。
玛　　莎　你变得真没劲。过去偶尔还能讲点大道理，现在总是孩子，回家，孩子，回家——就再没有别的话了。
梅特维金科　我们走吧，玛莎！
玛　　莎　你自己走吧。
梅特维金科　你父亲不给我马。
玛　　莎　会给的。你找他要，他会给的。
梅特维金科　好吧，我去要。那么，你明天回去？
玛　　莎　（闻鼻烟）好好，明天。真烦人……

| 特烈普列夫和波丽娜·安德烈耶夫娜上，特烈普列夫抱来枕头和被子，波丽娜·安德烈耶夫娜拿着被单，他们把东西放在土耳其式沙发上，然后特烈普列夫走到自己的书桌前坐下。

　　　　　　这是干什么，妈妈？
波丽娜·安德烈耶夫娜　彼得·尼古拉伊奇让我给他在科斯佳这儿铺床。

玛　　　莎	我来吧……（铺床）
波丽娜·安德烈耶夫娜	（叹口气）老人就像小孩子……（走到书桌前，胳膊肘支在桌子上看手稿；停顿）
梅特维金科	那我走了。再见，玛莎。（吻妻子的手）再见，妈妈。（想吻岳母的手）
波丽娜·安德烈耶夫娜	（厌烦地）好了，走你的吧！
梅特维金科	再见，康斯坦丁·加夫里雷奇。

| 特烈普列夫沉默地伸出手；梅特维金科下。

波丽娜·安德烈耶夫娜	（看着手稿）谁也没想到，科斯佳，您成了一个真正的作家。现在，上帝保佑，杂志也开始给您寄钱来了。（用手摩挲他的头发）人也变漂亮了……亲爱的科斯佳，好人，对我的玛申卡[1]温柔点吧！……
玛　　　莎	（铺着床）别打扰他，妈妈。
波丽娜·安德烈耶夫娜	（对特烈普列夫）她是个好女人。

| 停顿。

科斯佳，女人什么都不要，只要你温柔地看着她就够了。我自己就是这样。

---

1. 玛莎的爱称。

| 特烈普列夫从桌前站起来，沉默地走出去。

| 玛　　　莎 | 看，您把他惹恼了。您不该纠缠他！ |
| 波丽娜·安德烈耶夫娜 | 我心疼你，玛申卡。 |

玛　　　莎	用得着吗！
波丽娜·安德烈耶夫娜	我心里为你难受。我可是什么都看在眼里，什么都明白。
玛　　　莎	全是胡扯。无望的爱情，只在小说中才有。没什么大不了。只是不要放纵自己，不要一直等待着什么，就像在海边等着能出海的天气……既然在心里产生了爱情，就应该把它扔出去。这不，我丈夫就要调去别的县了。等我们搬到那儿，我就把什么都忘掉……从心里连根拔掉。

| 隔着两个房间有人在弹忧伤的华尔兹。

| 波丽娜·安德烈耶夫娜 | 是科斯佳在弹琴。这说明他心里很烦闷。 |
| 玛　　　莎 | （无声地跳了两三圈华尔兹）最重要的是，妈妈，眼不见心不乱。只要把我的谢苗调走，相信我，只要一个月我就会忘记。这些都好办。 |

| 左边的门打开。索林坐着轮椅，由多尔恩和梅特维金科推进来。

| 梅特维金科 | 现在我家里有六口人，而一普特面粉要七十戈比。 |

多　尔　恩　那你就团团转吧。

梅特维金科　您嘲笑人当然轻松。您有的是钱。

多　尔　恩　钱？我的朋友，我服务了三十年，不管白天黑夜从来不得安宁，结果只存下了两千卢布，就连这点钱不久前也在国外花光了。我一点钱都没有。

玛　　　莎　（对丈夫）你没走？

梅特维金科　（抱歉地）不给我马，有什么办法！

玛　　　莎　（痛苦沮丧，小声地）我不想看见你！

|轮椅停在左边半个房间；波丽娜·安德烈耶夫娜、玛莎和多尔恩坐在旁边，讨了没趣的梅特维金科走到一边。

多　尔　恩　你们这儿变化真大！客厅改做书房了。

玛　　　莎　康斯坦丁·加夫里雷奇在这儿写作比较方便。他可以随时从这儿走去花园思考。

|打更的梆子声。

索　　　林　我妹妹在哪儿？

多　尔　恩　去车站接特里果林了。马上就回来。

索　　　林　既然您认为需要写信把我妹妹叫来，就说明我病得很重了。（沉默片刻）真怪，我病重了，可是却什么药也不给我吃。

多　尔　恩　您想要什么？缬草酊？苏打？奎宁？

索 林	得,又讲起大道理来了。唉,真受罪!(向沙发摆头)这是给我铺的床吗?
波丽娜·安德烈耶夫娜	是给您铺的,彼得·尼古拉伊奇。
索 林	谢谢您。
多 尔 恩	(哼唱)"月亮在夜空中飘浮……"
索 林	我想给科斯佳一个小说情节。小说应该叫"一个总是向往的人","L'homme, qui a voulu"。年轻时我想当作家——没当成;想有好的口才——却笨嘴拙舌:(学自己)"这个,那个,那什么……"有时候需要做个报告什么的,紧张得汗都下来了;想结婚——也没结成;想住在城里——这不,就要死在乡下了。一直这样。
多 尔 恩	想当一个四品文官——当上了。
索 林	(笑)我没追求这个。这是自然而然的。
多 尔 恩	一个六十二岁的人表达对生活的不满,您得承认——这是想不开。
索 林	你真偏执。要知道,我想生活!
多 尔 恩	这就是想入非非了。按照自然规律,所有生命都有终结。
索 林	您是饱汉子不知饿汉子饥。您饱了,所以对生命很淡漠,您觉得什么都无所谓。但是您也会怕死的。
多 尔 恩	对死的恐惧是动物性的恐惧……您应该克服它。只有相信死后有灵魂并且害怕自己所犯罪恶的

人才会有意识地怕死。而您，首先您不信教，其次，您有什么罪恶呢？您在司法部门工作了二十五年——只有这个罪。

索　　　林　（笑）二十八年……

| 特烈普列夫上，坐在索林脚旁的小凳子上。玛莎的目光一直不离开他。

多　尔　恩　我们打扰康斯坦丁·加夫里雷奇工作了。
特烈普列夫　不，没关系。

| 停顿。

梅特维金科　医生，请问您最喜欢国外的哪个城市？
多　尔　恩　热那亚。
特烈普列夫　为什么是热那亚？
多　尔　恩　那里街上人潮涌动。傍晚你走出饭店，满街都是人。然后你随着人群，沿着弯弯曲曲的街道漫无目地四处游逛，你跟人们在一起，在心理上融入他们，于是开始相信可能真的存在一种世界灵魂，就像当初妮娜·扎列奇娜娅在您的戏剧里表演的。对了，扎列奇娜娅现在在哪儿？她怎么样了？
特烈普列夫　应该还好。
多　尔　恩　我听人说她好像有一段特别的生活。这是怎么回事？

特烈普列夫　说来话长，医生。

多　尔　恩　那您就长话短说。

特烈普列夫　她离家出走，和特里果林同居，这个您知道吧？

多　尔　恩　知道。

特烈普列夫　她生了个孩子，这孩子死了。特里果林不出所料地厌倦了她，回到了那些旧情人身边。而且，他从未离开过那些旧情人，只是因为性格懦弱，一直设法遮掩。据我所知道的消息判断，妮娜的个人生活非常糟糕。

多　尔　恩　舞台生涯呢？

特烈普列夫　好像更糟。她在莫斯科郊外的一个别墅区剧院初次登台，然后去了外省。那时候我一直追着她，有段时间，她去哪儿我就去哪儿。她演的都是主角，可是演得很粗糙，很无趣，总是大喊大叫，动作生硬。偶尔她会在大声呼喊、表演死亡的时刻展示出表演才能，但也只是一闪而过。

多　尔　恩　这么说，还是有才能的？

特烈普列夫　很难说。大概是有的吧。我看得见她，但她不想见我。仆役也不让我去她旅馆的房间。我理解她的情绪，没有坚持见面。

停顿。

怎么跟您说呢？后来，我回家后，接到了她的几封信。这些信文笔很好,写得温馨有趣。她没有抱怨,但是我能感觉到她非常不开心,从每一行字里都能看出她心绪不宁、神经紧张。她的脑子有点乱。她的签名是"海鸥"。《美人鱼》[1]中的磨坊主说他是乌鸦,而她在信里一再说她是海鸥。现在她在这儿。

多 尔 恩 在这儿是什么意思?

特烈普列夫 在城里的客栈。她在那儿租了间房子,已经住了五天。我去看过她,玛利亚·伊利伊尼奇娜也去过,但她谁都不见。谢苗·谢苗内奇说昨天下午好像在离这儿两里之外的郊外见过她。

梅特维金科 是的,我看见她了。她朝着城里的方向走。我向她问好,问她为何不来我们这儿做客。她说会来的。

特烈普列夫 她不会来的。

| 停顿。

她父亲和继母不认她,派人四下把守,让她甚至无法接近庄园。(和医生一起朝书桌走去)医生,做个口头上的哲学家是多么容易,落实到生活中又多么难!

索 林 那时候她真是个好女孩。

多 尔 恩 你说什么?

1.《美人鱼》是普希金的诗。

索　　　林　我说,那时候她真是个好女孩。四品文官索林甚至有一阵子也爱上了她。

多　尔　恩　你这老色鬼。

| 传来沙穆拉耶夫的笑声。

波丽娜·安德烈耶夫娜　好像是我们的人从车站回来了。

特烈普列夫　是的,我听见妈妈的声音了。

| 阿尔卡基娜、特里果林上,沙穆拉耶夫跟在他们身后。

沙穆拉耶夫　(上)我们都受自然规律管着,在变老变朽,您呢,最尊敬的女士,还是那么年轻……浅色上衣,敏捷……优雅……

阿尔卡基娜　您这人真没劲,又想把我夸得倒霉!

特里果林　(对索林)您好,彼得·尼古拉伊奇!您为什么总是生病?这可不好!(看到玛莎,高兴地)玛利亚·伊利伊尼奇娜!

玛　　　莎　您认出我来了?(握他的手)

特里果林　结婚了吗?

玛　　　莎　早就结婚了。

特里果林　幸福吗?(和多尔恩、梅特维金科点头打招呼,然后迟疑地走向特烈普列夫)伊丽娜·尼古拉耶夫娜说,您已经忘记了以前的事,不再生气了。

特烈普列夫向他伸出手。

阿尔卡基娜 （对儿子）鲍里斯·阿列克塞伊奇带来了登着你新小说的杂志。

特烈普列夫 （接过杂志，对特里果林）谢谢您，您太周到了。

大家落座。

特里果林 您的读者们向您致敬……彼得堡和莫斯科的读者对您可感兴趣了，总是跟我打听您。他们问：他是什么样的人，多大岁数，黑发还是金发？不知为何大家都觉得您不年轻了。没有人知道您的真姓，因为您用笔名写作。您像铁面人[1]一样神秘。

特烈普列夫 您要在这儿长住吗？

特里果林 不，我想明天就去莫斯科。我得走，想快点写完一个中篇小说，再说我还答应给选集写点东西。总之，总是那些事。

当他们谈话时，阿尔卡基娜和波丽娜·安德烈耶夫娜在房间中间安放牌桌，把它打开；沙穆拉耶夫点蜡烛，摆椅子。他们从柜子里拿出罗托牌。

特里果林 迎接我的天气不善哪。风很大。如果明天早上风

---

1. 十七八世纪法国的一个神秘人物，其身份扑朔迷离，也可能只是一个传说。大仲马和雨果都在作品中描写过这个形象。

停了，我就去湖边钓鱼。还应该顺便看看花园和那个地方——记得吗？——演出您剧本的地方。我有个快要成熟的主题，只需要在记忆中复原事件发生的地点。

玛　　莎　（对父亲）爸爸，请您给我丈夫一匹马！他得回家。

沙穆拉耶夫　（学她）一匹马……回家……（严厉地）你自己看见了，我刚让它们去车站。不能再用了。

玛　　莎　但还有别的马呢……（见父亲不说话，挥挥手）跟您打交道可真是……

梅特维金科　玛莎，我步行回去。真的……

波丽娜·安德烈耶夫娜　（叹口气）步行回去，在这样的天气……（在牌桌旁坐下）来吧，先生们。

梅特维金科　才不过六里路……再见……（吻妻子的手）再见，妈妈。我本不想打扰任何人，可是孩子……（向大家鞠躬）告辞了……（下，走路的样子带着歉意）

沙穆拉耶夫　步行好了，能走到。又不是将军。

波丽娜·安德烈耶夫娜　（敲桌子）来吧，各位。别浪费时间，一会儿就该叫我们吃晚饭了。

| 沙穆拉耶夫、玛莎和多尔恩坐到桌旁。

阿尔卡基娜　（对特里果林）当漫长的秋夜到来时，这儿的人总是玩罗托。您看，这副旧罗托牌，还是小时候妈妈跟我们玩过的。想不想晚饭前跟我们玩一

局？（和特里果林在桌旁坐下）这游戏比较无聊，但如果习惯了，也挺好。（给每个人发三张牌）

特烈普列夫 （翻看杂志）他读了自己的小说，可是我的小说甚至还没被裁开[1]。（把杂志放在书桌上，然后朝左边的门走去；经过母亲身边时，吻她的头）

阿尔卡基娜 你不玩吗，科斯佳？

特烈普列夫 对不起，不想玩……我去走走。（下）

阿尔卡基娜 赌注是十戈比。您替我下注，医生。

多　尔　恩 遵命。

玛　　　莎 都下好注了吗？我开始了……二十二！

阿尔卡基娜 有。

玛　　　莎 三！……

多　尔　恩 行啊。

玛　　　莎 您出三？八！八十一！十！

沙穆拉耶夫 别急嘛。

阿尔卡基娜 我在哈尔科夫受到人们热烈的欢迎，诸位，到现在想起来还头晕目眩！

玛　　　莎 三十四！

后台有人弹奏忧伤的华尔兹。

阿尔卡基娜 大学生们掌声雷动……三个花篮，两个花环，还有这个……（从胸前摘下胸针扔到桌子上）

沙穆拉耶夫 是啊，这东西真不赖……

---

1. 当时的书在看之前需要把书页一一裁开。

玛　　　莎	五十……
多　尔　恩	五十整吗？
阿尔卡基娜	当时我的服装非常漂亮……别的不敢说，我在衣着方面是无可挑剔的。
波丽娜·安德烈耶夫娜	科斯佳在弹琴。这可怜的人心情不好。
沙穆拉耶夫	报纸上把他骂得很厉害。
玛　　　莎	七十七！
阿尔卡基娜	何必注意这些。
特 里 果 林	他运气不佳，一直怎么也把握不住自己真正的基调。他写的东西怪怪的，含糊犹豫，有时甚至像谵语。也没有一个活生生的人物。
玛　　　莎	十一！
阿尔卡基娜	（回头看索林）彼得鲁沙，你闷得慌吗？

停顿。

睡着了。

多　尔　恩	四品文官睡着了。
玛　　　莎	七！九十！
特 里 果 林	如果我住在这样的庄园，这样的湖边，我怎么会写作呢？我会克制自己的写作欲望，整天钓鱼。
玛　　　莎	二十八！
特 里 果 林	钓到一条梅花鲈或河鲈——真是太美了！

多 尔 恩　可是我相信康斯坦丁·加夫里雷奇。他有点东西！有点东西！他用形象思考，小说也很有表现力，我对它们感受强烈。只可惜他没有明确的主旨。他的作品有冲击力，再就没什么了，只有冲击力可走不远。伊丽娜·尼古拉耶夫娜，您的儿子是作家，您高兴吗？

阿尔卡基娜　告诉您吧，我还没读过呢。一直没时间。

玛　　莎　二十六！

| 特烈普列夫悄悄地进来，走向自己的书桌。

沙穆拉耶夫　（对特里果林）鲍里斯·阿列克塞伊奇，您的东西还放在我们这儿呢。

特里果林　什么东西？

沙穆拉耶夫　有一次康斯坦丁·加夫里雷奇射死了一只海鸥，您让我找人把它做成标本。

特里果林　我不记得。（沉思）我不记得。

玛　　莎　六十六！一！

特烈普列夫　（把窗户推开，谛听）真黑呀！真不明白我为什么那么不安。

阿尔卡基娜　科斯佳，关上窗户，有风。

| 特烈普列夫关窗户。

玛　　莎　八十八！

特里果林　诸位，我赢了。

阿尔卡基娜　（开心）太棒了！太棒了！

沙穆拉耶夫　太棒了！

阿尔卡基娜　这个人不管何时何事都很有运气。（站起来）现在我们去吃点什么吧。我们的名人今天没吃午饭。晚饭后接着玩。（对儿子）科斯佳，别写了，我们吃饭去。

特烈普列夫　我不想吃，妈妈。我不饿。

阿尔卡基娜　随你的便。（叫索林）彼得鲁沙，吃晚饭啦！（挽起沙穆拉耶夫）我跟您讲，在哈尔科夫人们是怎么迎接我的……

|波丽娜·安德烈耶夫娜熄灭桌子上的蜡烛，然后她和多尔恩一起推轮椅。所有人从左门下。台上只剩下特烈普列夫一个人，坐在书桌后面。

特烈普列夫　（准备写；浏览已经写出的东西）我总是大谈新的形式，现在却觉得自己渐渐地落入了窠臼。（读）"栅栏上的海报在宣告……黑发围绕着苍白的面庞……"，"宣告""围绕"……这太平庸。（划掉）我要从雨声把主人公惊醒写起，其他的去掉。月夜的描写太长，不自然。特里果林找出了一套办法，他写起来很轻松……他只要写一个摔破的瓶颈在堤坝上反着光，磨坊的轮子投下黑影，一幅月夜的画面就出来了；而我又是颤抖的光，又是星光静悄悄的闪烁，又是远处渐渐消失在宁静芬芳的空气中的钢琴声……真痛苦！

| 停顿。

> 是的,我越来越相信,问题不在于形式的新旧,一个人写东西时不应该考虑任何形式,他写作,只因为那些东西是从他的心灵中自由流淌出来的。

| 有人靠近书桌的窗户。

> 怎么回事?(看窗外)什么都看不见……(打开玻璃门,看花园)有人从台阶往下跑。(喊)谁在这儿?(下,可以听到他很快地在阳台上走,片刻之后和妮娜·扎列奇娜娅一起回来)妮娜!妮娜!

| 妮娜把头靠在他的胸前,克制地痛哭。

> (深情地)妮娜!妮娜!是您……是您……我好像有预感,我一整天都心绪不宁。(给她摘下帽子,脱下斗篷)哦,我亲爱的,我心爱的,她来了!咱们不哭,不哭。

妮　　　娜　这儿有人。
特烈普列夫　没人。
妮　　　娜　把门锁上。要不会有人进来的。
特烈普列夫　没人会进来。
妮　　　娜　我知道,伊丽娜·尼古拉耶夫娜在这儿。锁上门……

特烈普列夫 （用钥匙锁上右边的门,走到左边的门前）这个门没有锁。我用圈椅挡住。（把圈椅放到门前）别怕,没人会进来。

妮　　娜 （目不转睛地看着他的脸）让我看看您。（四下打量）这里那么温暖、舒服……过去这儿是客厅。我变得厉害吗?

特烈普列夫 是的……您瘦了,您的眼睛也变大了。妮娜,我看到您了,这真奇怪。为什么您原先不让我见您?为什么您一直不来?我知道您在这儿已经住了差不多一个星期了……我每天都去您那里好几次,像个乞丐一样站在您的窗下。

妮　　娜 我怕您恨我。我每天晚上都梦见您看着我却认不出来我。您不知道!自从回来之后,我一直在那儿……在湖边徘徊。我好多次走过您家,就是下不了决心进来。我们坐下吧。

两人坐下。

我们坐下说说话,说说话。这儿真好,温暖又舒服……听到刮风了吗?屠格涅夫说过:"在这样的天气,有栖身之处,有一个温暖角落的人是有福的。"我呢,是海鸥……不,不是。（擦额头）我说什么来着?对了……屠格涅夫……"愿上帝帮助所有无家可归的漂泊者……"没事。（痛哭）

特烈普列夫 妮娜,您又来了……妮娜!

妮　　娜 没事,这样我能轻松一些……我已经两年没哭过了。昨天夜里我去花园查看我们的舞台是不是还在。它到现在还立在那儿。我在两年中第一次哭了，然后觉得心里轻松了一些，痛快了一些。您瞧，我已经不哭了。（拉起他的手）那么，您已经成为作家了……您是作家，我是演员……我和您都运转起来了……过去我很快乐，像个孩子，早上一醒来就唱歌；那时候我爱您，梦想成名，现在呢？明天一大早我就要去叶里茨，坐三等车厢……和农民们一起。在叶里茨，那些有文化的商人们会来殷勤伺候，纠缠不休。生活多么粗俗啊！

特烈普列夫　为什么要去叶里茨？

妮　　娜　我得到了整个冬季的演出合约。该去了。

特烈普列夫　妮娜，我曾骂您、恨您，撕您的信和照片，但我时时刻刻都知道，我的心永远依恋着您。我做不到移情别恋，妮娜。自从我失去您，同时开始发表作品，生活对我来说就变得无法忍受——我很苦……我的青春好像忽然中断了，我觉得我已经活了九十岁。我呼唤您，吻您走过的土地，无论朝哪看，我好像总能看到您的面容，那照亮了我生命中最好年华的温柔的微笑……

妮　　娜　（不知所措地）他为什么要这么说，他为什么要这么说？

特烈普列夫　我很孤独，没有任何人的眷恋让我感到温暖，我像在地洞里一样冷，不管我写什么，全都无味、干巴、阴暗。留在这儿吧,妮娜,恳求您,要么允许我跟您一起走!

| 妮娜很快地戴帽子,穿斗篷。

妮娜,为什么?看在上帝的分儿上,妮娜……(看着她穿衣服;停顿)
妮　　娜　我的马车停在花园门口。不要送,我自己可以走到……(哭腔)给我点水……
特烈普列夫　(给她水)现在您要去哪儿?
妮　　娜　进城。

| 停顿。

伊丽娜·尼古拉耶夫娜在这儿?
特烈普列夫　是的……上个星期四,舅舅不太好了,我们就拍电报把她叫来了。
妮　　娜　您为什么要说亲吻我走过的土地?应该杀了我。(向桌子弯下腰)我累死了!想休息休息……休息!(抬头)我是海鸥……不对,我是演员。哦,没错!(听到阿尔卡基娜和特里果林的笑声,侧耳谛听,然后跑向左边的门,往锁孔里看)他也在这儿……(回到特烈普列夫旁边)好吧……没什么……是的……他不相信戏剧,总是嘲笑我的梦想,渐渐地我也不再相信,灰心了……再说还有爱情的忧烦、嫉妒,时时刻刻为小孩子担惊受怕……我变得琐碎、俗气，演戏时木木的……我不知道胳膊怎么动，在台上不会站，也控制不好声音。您不知道演得很糟糕的那种心情。我是海鸥。不，不对……记得您打死了一只海鸥吗？一个偶然到来的人，看见了它，由于没事可干就把它毁了……这个情节可以写一个短篇小说。不对……（擦自己的额头）我在说什么？……我在说舞台。现在我已经不那样了……我是一个真正的演员了，演戏时很享受、很兴奋，我在台上很陶醉，觉得自己很棒。而现在，住在这儿，我总是走路，边走边思考，思考，感受我心灵的力量每时每刻在增长……现在我知道，科斯佳，我明白，在我们的事业中，不管是演戏也好，写作也好，最主要的不是出名，不是荣耀，不是我从前梦想的那些，而是忍耐的能力。要会背负自己的十字架，要相信。我相信，所以我不那么痛苦了，当我想到我的使命，我就不怕生活了。

特烈普列夫 （悲伤地）您找到了自己的道路，您知道往哪里走，而我还在幻想和样式的泥潭里挣扎，不知道这是为了什么，有谁会需要它。我不相信，也不知道我的使命是什么。

妮　　娜 （谛听）嘘……我走了。再见。当我成为大演员的时候，请来看我。您答应我吗？现在……（握他的手）已经很晚了。我快站不住了……我筋疲力尽，想吃东西……

特烈普列夫 留下吧，我给您拿晚饭……

妮　　娜　　不，不……不要送，我自己走……我的马车就在附近……那么，她把他带来了？管它呢，无所谓。您看到特里果林时，什么都别告诉他……我爱他，甚至比过去更强烈地爱他——一个短篇小说的情节……我爱，狂热地爱，爱得要死。过去多好，科斯佳！记得吗？那时候的生活多么明朗、温暖、快乐、纯洁，那时候的感情啊——就像柔弱的、精致的花朵……记得吗？……（朗诵）"人、狮子、鹰隼、雉鸡、鹿、大雁、蜘蛛，水中默默无声的鱼类、海星和肉眼看不到的，总之，所有的生命，所有的生命，所有的生命，已完成可悲的轮回，熄灭了……已经几千年了，地球上没有一个生命，这可怜的月亮徒然地点亮它的灯光。草原上再也没有醒来的鹤发出鸣叫，椴树林中听不到五月的虫鸣。"（猛然拥抱特烈普列夫，从玻璃门跑下）

特烈普列夫　（停顿片刻）如果有人在花园里碰到她，再告诉妈妈就糟了。这会让妈妈难过……（沉默地撕掉自己所有的手稿，扔到桌子下，过程持续两分钟，然后打开右边的门，下）

多　尔　恩　（用力推左边的门）奇怪，门好像锁上了……（进屋，把圈椅放回原处）像障碍赛马一样。

阿尔卡基娜、波丽娜·安德烈耶夫娜上，然后是拿着酒瓶的雅科夫，然后是沙穆拉耶夫和特里果林。

阿尔卡基娜	把鲍里斯·阿列克塞伊奇的红酒和啤酒放在这儿，放桌子上。我们边玩边喝。我们坐吧，诸位。
波丽娜·安德烈耶夫娜	（对雅科夫）快点上茶。（点蜡烛，坐在牌桌旁）
沙穆拉耶夫	（把特里果林领到柜子前）这就是刚才我说的那东西……（从柜子里拿出海鸥的标本）您要的。
特 里 果 林	（看着海鸥）我不记得！（想了想）不记得！

| 舞台的右边传来一声枪响；所有人都一震。

阿尔卡基娜	（害怕地）怎么回事？
多 尔 恩	没事。可能是我药箱里的什么东西爆了。别担心。（从右边门下，半分钟后回来）果然。乙醚瓶爆了。（哼唱）"我重新站在你的面前，心醉神迷……"
阿尔卡基娜	（坐到桌旁）嗨，吓了我一跳。这让我想起……（用手捂住脸）我的眼前都发黑了……
多 尔 恩	（翻看杂志，对特里果林）两个月前这里登了一篇文章……美国来信，我想顺便问问您……（搂着特里果林的腰把他带到台边）因为我对这个问题很感兴趣……（压低声音，悄声地）把伊丽娜·尼古拉耶夫娜从这儿带走。是康斯坦丁·加夫里雷奇自杀了……

| 幕落。

去莫斯科。把房子卖掉,把这里的一切处理掉,然后——去莫斯科……

——《三姐妹》

——可是一年过去了,现在我们能轻松地回忆起这件事,
你也已经穿上白色连衣裙,容光焕发了。

——我爱您,爱您……我从没这样爱过一个人……

——普罗托波波夫？真是个怪人。普罗托波波夫来了，叫我跟他坐三套马车去兜风。这些男人真奇怪……

——人们赶着去救火，马和狗乱跑，孩子们脸上的表情，我说不上来是惊恐还是央求，反正看见她们的脸，我的心就揪起来了。

——不是再见,而是别了。我们再也不会见面了。

——男爵是个好人,可是多一个男爵,少一个男爵,还不是一样。由他们去吧!全都一样!

——我们的花园就像一个过道，行人车马都从这儿穿过。
奶妈，给这两个乐手一点钱吧。

三姐妹

四幕正剧

人　物

普罗佐洛夫·安德烈·谢尔盖耶维奇

　　娜塔莉亚·伊万诺夫娜　　他的未婚妻，后为他的妻子

　　奥尔加　⎫

　　玛莎　　─　他的姐妹

　　伊丽娜　⎭

库雷金·费奥多尔·伊利耶维奇　　学校教师，玛莎的丈夫

维尔什宁·亚历山大·伊格纳季耶维奇　　中校，炮兵连长

图森巴赫·尼古拉·利沃维奇　　男爵，中尉

索列内依·瓦西里·瓦西里耶维奇　　上尉

切布德金·伊万·罗曼诺维奇　　军医

费多吉克·阿列克塞·彼得洛维奇　　少尉

罗德·弗拉基米尔·卡尔洛维奇　　少尉

菲拉班特　　地方自治会的看门人，老人

安菲萨　　奶妈，80岁的老太婆

———

剧情发生在一座省城里。

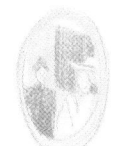

第一幕

普罗佐洛夫家,有立柱的客厅,立柱后面是一个大厅。中午,外面风和日丽。大厅里正布置餐桌,准备早餐。

奥尔加穿着女子学校教师的蓝色制服长裙,时而站着,时而走来走去,一直在批改学生的作业;玛莎穿着黑色连衣裙,坐着读书,帽子扣在膝盖上;伊丽娜穿着白色长裙,站着沉思。

奥尔加 父亲去世整整一年了,就在今天,五月五日,你的命名日[1],伊丽娜。那天很冷,还下了雪。我觉得活不下去了,你还昏死了过去。可是一年过去了,现在我们能轻松地回忆起这件事,你也已经穿上白色连衣裙,容光焕发了。(钟敲了十二下)当时钟也在敲。

停顿。

我还记得,给父亲送葬时演奏了音乐,还在墓地里鸣枪致敬。他是将军、旅长,可是送葬的人挺

---

1. 命名日是和本人同名的圣徒的纪念日,在沙皇时代,这是一个人一年中的大日子,类似于生日。

少的。那天下着雨,很大的雨夹雪。

伊丽娜 想这些干什么!

图森巴赫男爵、切布德金和索列内依出现在柱子背后,大厅的桌旁。

奥尔加 今天很暖和,可以大敞着窗户,可桦树还没有长出叶子。十一年前父亲当上旅长,带着我们离开了莫斯科。我清楚地记得,五月初,就是现在这个时候,莫斯科已经鲜花盛开、阳光普照、温暖明媚了。十一年过去了,可莫斯科的一切我都记得清清楚楚,好像昨天才离开似的。我的上帝!今天早晨醒来,看到阳光明媚,春色来了,我心里充满了欢乐,渴望回到故乡去。

切布德金 真是胡思乱想!
索列内依 可不是,简直是胡扯。

玛莎对着书发愣,小声吹起口哨,她在吹一支歌。

奥尔加 玛莎,别吹口哨。你怎么这样!

停顿。

我每天都待在学校里,还要去做家教,一直到晚上,搞得我总是头痛,觉得自己好像已经老了。确实如此,我在学校里工作了四年,每天都觉得我的青春和精力正一点一滴地逝去。只有一个梦

　　　　　想在生长，越来越坚定……
伊丽娜　去莫斯科。把房子卖掉，把这里的一切处理掉，然后——去莫斯科……
奥尔加　是的！尽快去莫斯科。

切布德金和图森巴赫笑起来。

伊丽娜　哥哥大概会成为教授，他反正不会留在这儿的。只有可怜的玛莎要留在这儿了。
奥尔加　玛莎可以去莫斯科过夏天，她可以每年都去。

玛莎小声地吹一支歌。

伊丽娜　上帝保佑，一切都会安排好的。（看着窗外）今天天气很好。我知道我的心情为何这么舒畅！早上想起今天是我的命名日，我忽然感到很快乐，还想起小的时候，那时妈妈还活着。我思绪起伏，满心欢喜，哦，真美妙！
奥尔加　你今天容光焕发，显得格外好看。玛莎也好看。安德烈本来很好看，但他胖了很多，有点走样了。而我变老了，瘦了很多，可能是在学校里跟女孩子们生气的缘故。今天我不工作，在家，头就不疼了，也觉得比昨天年轻。我二十八岁了，不过……一切都很好，一切都是注定的；不过，如果我出嫁了，能整天待在家里，那样会更好。

停顿。

我会爱我丈夫的。

图森巴赫　（对索列内依）您总是胡扯，我不想听了。（走进客厅）我忘了说，今天我们的新连长维尔什宁将来拜访你们。（在钢琴边坐下）

奥尔加　好啊，我很高兴。

伊丽娜　他老吗？

图森巴赫　不，不算老。最多四十岁，或者四十五。（轻轻弹琴）看起来是个挺好的人。不蠢，这是肯定的。就是话很多。

伊丽娜　是个有趣的人吗？

图森巴赫　是啊，挺不错的。不过他有太太、岳母和两个小女儿。而且他是再婚的。拜访别人时他总是到处说自己有太太和两个小女儿。在这儿他也会说的。他的妻子有点疯疯癫癫的，留着小姑娘样式的长辫子，说话时总爱用特别夸张的词，满口大道理，还经常闹自杀，显然是为了折磨自己的丈夫。如果是我，早就离开这样的太太了，可是他一直忍着，只是跟人诉苦。

索列内依　（跟切布德金一起从大厅进来）我一只手只能举起一点五普特，可两只手就能举起五普特，甚至六普特。我由此得出结论，两个人比一个人的力气不是大一倍，而是两倍甚至更多……

切布德金　（边走边看报）治疗脱发……半瓶酒精加入两佐洛特尼克[1]樟脑……溶解，每天涂抹……（记在本子上）这个得记下来！……（对索列内依）

---

1. 旧俄重量单位，1佐洛特尼克=4.26克。

嗯，我跟您说，用软木塞塞住瓶口，再拿一根玻璃管穿过木塞……然后您捏一小撮最普通的明矾……

伊 丽 娜　伊万·罗曼内奇，亲爱的伊万·罗曼内奇！

切布德金　干什么，我亲爱的，我的小女孩？

伊 丽 娜　您跟我说说，为什么今天我感到这么幸福？我觉得好像在一只帆船上，头顶是广阔的蓝天，很多白色的大鸟飞来飞去。这是为什么？为什么？

切布德金　（吻她的双手，温柔地）我纯洁的小鸟……

伊 丽 娜　早晨我醒来，起床洗漱，忽然觉得，对我来说，这世上的一切都很清楚，我知道应该怎样生活。亲爱的伊万·罗曼内奇，我什么都知道。人应该劳动，不管他是什么人，都应该挥汗如雨地工作，他生命的目的、意义，他的幸福和他的欢乐都只在劳动之中。做一个工人，天刚亮就起床，在外面砸石头；或是做一个牧人，做一名教孩子的老师，或是做一位铁路上的司机……那该多好！我的天啊，只要能劳动，哪怕不做人，当一头牛、一匹普通的马，也好过当一个年轻的女性：中午十二点才起床，接着在床上喝咖啡，然后花两个小时梳妆打扮……哦，这多可怕呀！我渴望工作，就像在大热天里想喝水一样。如果我不早起劳动，您就不要对我好，伊万·罗曼内奇。

切布德金　（温柔地）一定，一定……

奥 尔 加　父亲训练我们七点钟就起床。现在伊丽娜七点醒来，但最少要躺到十点，不知在想些什么，还一

副一本正经的样子！（笑）

伊丽娜　你总是把我当成小姑娘，所以看见我一本正经就觉得奇怪。可我二十岁了！

图森巴赫　对劳动的渴望，天哪，我太理解了！我这辈子从来都没有工作过。我生在寒冷又闲散的彼得堡，生在一个从来不用劳动、衣食无忧的家庭。记得有一次我从士官学校回家，在仆人帮我脱鞋子的时候耍脾气，而母亲看我的目光里却充满了恭敬，并且觉得每个人都该用这种恭敬的目光看我。他们护着我，不让我劳动。不过他们未必能做到，未必！总有一天，巨大的力量将向我们大家压过来，一场健康的、强有力的风暴正在酝酿，正在向我们走来，它已经不远了，它将吹走我们社会的懒惰和冷漠，吹走对劳动的偏见和腐朽的沉闷之气。我将要工作，再过二十五年、三十年，每个人都要工作的，每个人！

切布德金　我不会工作的。

图森巴赫　您不算。

索列内依　二十五年后就没有您了，谢天谢地。再过两三年您就会中风而死，或者我把您收拾了，比如往您的脑袋里射进一颗子弹，我的天使。（从口袋中掏出一小瓶香水朝自己的胸前和手上喷）

切布德金　（笑）我真的什么都没做过。自从大学毕业就什么事都没做过，连一本书都没读完过，就只读报纸……（从口袋里掏出另一份报纸）这不……我从报上了解到，比如说，有这么一位杜勃罗留波夫，可是他写过什么，我就不知道了……

　　　　　　天知道他……

楼下传来敲地板的声音。

　　　　　　哦……下面在叫我呢,有人来找我了。我马上回
　　　　　　来……等一下……(理着大胡子,急忙离开)
伊　丽　娜　他肯定想出了什么新花样。
图森巴赫　对。他的样子很兴奋,显然,马上就会给您送来
　　　　　　礼物。
伊　丽　娜　真没办法!
图森巴赫　是啊,很难弄。他总是做蠢事。
玛　　　莎　海湾上有一棵绿橡树,橡树上有一条金链子……[1]
　　　　　　(起身,小声哼唱)
奥　尔　加　今天你不高兴,玛莎。

玛莎边哼唱边戴帽子。

　　　　　　你去哪儿?
玛　　　莎　回家。
伊　丽　娜　奇怪……
图森巴赫　竟然不参加命名日!
玛　　　莎　无所谓……我晚上再来。再见,我的好妹妹……
　　　　　　(吻伊丽娜)再次祝福你,愿你健康,愿你幸
　　　　　　福。过去,父亲活着时,我们的命名日总有

---

1. 引自普希金的长诗《鲁斯兰和柳德米拉》。

三四十个军官来祝贺，热闹得很，可今天却没来几个人，这里像沙漠一样冷清……我走了……今天我心情不好，不开心，你别理我。（含泪笑着）咱们回头再谈，我先走了，我亲爱的，我出去走走。

伊 丽 娜　（不满地）唉，你真奇怪……
奥 尔 加　（含泪）我理解你，玛莎。
索列内依　要是一个男人讲大道理，那就是哲学或诡辩；要是一个或两个女人讲大道理，那就是瞎咧咧。
玛　　莎　您这话是什么意思？您太可怕了。
索列内依　没什么意思。他来不及叫一声，熊就扑上来把他压住了。[1]

停顿。

玛　　莎　（对奥尔加，生气地）别哭哭啼啼了！

安菲萨和捧着蛋糕的菲拉班特走进来。

安 菲 萨　放这儿，老爷子。进来吧，你的脚是干净的。（对伊丽娜）这是地方自治会的普罗托波波夫，米哈伊尔·伊万内奇送的……蛋糕。
伊 丽 娜　谢谢。谢谢他。（接过蛋糕）
菲拉班特　什么？
伊 丽 娜　（大声）谢谢他！

---

1. 引自克雷洛夫的寓言《农夫和雇工》。

奥 尔 加　　奶妈，给他点馅饼吃。菲拉班特，去吧，让他们给你馅饼。

菲拉班特　什么？

安 菲 萨　　咱们走吧，菲拉班特·斯皮里多内奇。来吧……

（和菲拉班特一起离开）

玛　　莎　　我不喜欢普罗托波波夫，这个米哈伊尔·波塔贝奇，或伊万内奇。不该请他来的。

伊 丽 娜　　我没请他。

玛　　莎　　很好。

切布德金进来，身后跟着个抱着银茶炊的士兵，引来一片惊叫和抱怨声。

奥 尔 加　　（用手蒙住脸）茶炊！真要命！（走开，到大厅的桌旁）

伊 丽 娜　　亲爱的伊万·罗曼内奇，您这是干什么呀！（笑）
图森巴赫　　我跟您说了！伊万·罗曼内奇，您简直太不害臊了！（三人同时）
玛　　莎

切布德金　　我亲爱的，我的好人，你们是我唯一的亲人，你们是我在世界上最亲的人。我就快六十岁了，是个孤单的、没用的老人……除了爱你们，我没有别的优点了，如果不是你们，我早就不在这个世界上了……（对伊丽娜）亲爱的，我的小女孩，从您出生我就认识您……我抱过您……我爱您过世的妈妈……

伊 丽 娜　　可是为什么要送这么贵的礼物！

切布德金 （含泪，生气地）贵重的礼物……您真是胡说！（对勤务兵）把茶炊放那儿……（学她）这么贵的礼物……

勤务兵把茶炊送到大厅。

安　菲　萨 （穿过客厅）亲爱的，来了个不认识的中校！他已经脱了大衣，孩子们，正朝这儿来呢。阿莉努什卡[1]，你要亲热点，客气点……（向外走）早就该吃饭了……上帝啊……
图森巴赫 应该是维尔什宁。

维尔什宁上。

　　　　　　维尔什宁中校！
维尔什宁 （对玛莎和伊丽娜）请允许我介绍自己：我是维尔什宁。非常非常高兴，终于来到你们家了。你们的变化真大呀，哎呀呀！
伊　丽　娜 请坐。我们很高兴。
维尔什宁 （高兴地）我太高兴了，太高兴了！不过你们应该是姐妹三个。我记得有三个小姑娘。相貌已经不记得了，可是我清楚地记得你们的父亲普罗佐洛夫上校有三个小女儿，而且我亲眼见过。时间过得多快呀！哎呀呀，时间过得多快呀！
图森巴赫 亚历山大·伊格纳季伊奇是从莫斯科来的。

---

1. 伊丽娜的爱称。

伊 丽 娜　从莫斯科来的？您是从莫斯科来的？
维尔什宁　是，是从莫斯科来的。你们已故的父亲曾在莫斯科做炮兵连长，我也在同一个旅做军官。（对玛莎）我好像对您的容貌有点印象。
玛　　莎　可我不记得您！
伊 丽 娜　奥丽雅[1]！奥丽雅！（朝大厅喊）奥丽雅，你来！

奥尔加从大厅进客厅。

　　　　　维尔什宁中校是从莫斯科来的呀。
维尔什宁　您大概就是奥尔加·谢尔盖耶夫娜，是老大……您是玛利亚[2]……您是伊丽娜，最小的……
奥 尔 加　您是从莫斯科来的？
维尔什宁　是的。我在莫斯科上的学，又在莫斯科服役，在那儿干了很长时间，终于给调到这儿来，升任炮兵连长。这不，我就来了。其实我记得不清楚，只记得你们是三姐妹。但我对你们的父亲记得很清楚，一闭眼就能想起他的样子，仿佛他就在眼前。我还去过你们在莫斯科的家……
奥 尔 加　我觉得我记得所有的人，可一下子……
维尔什宁　我叫亚历山大·伊格纳季伊奇……
伊 丽 娜　亚历山大·伊格纳季伊奇，您是从莫斯科来的……真没想到！
奥 尔 加　我们正要搬到莫斯科呢。

---

1. 奥尔加的小名。
2. 玛莎的正式名字。

伊 丽 娜　　大概秋天前后我们就要回去了。莫斯科是我们的故乡，我们是在那儿出生的……在老巴斯曼街……

| 她俩都开心地笑了。

玛　　莎　　想不到遇到了同乡。（活泼地）现在我想起来了！奥丽雅，你记得吗？在我们家，大家说有一个"恋爱的少校"。那时候您是中尉，正爱着什么人，可不知为何大家打趣您，叫您少校……
维尔什宁　　（笑）就是，就是……恋爱的少校，是有这话……
玛　　莎　　那时候您只有小胡子……唉，您老多了！（含泪地）真的老多了！
维尔什宁　　是啊，人们叫我"恋爱的少校"时，我还年轻，在恋爱。现在可不是那样了。
奥　尔　加　　可是您还没有一根白头发呢。您比从前老了，但也还不算老。
维尔什宁　　可是已经四十二岁了。你们离开莫斯科很久了吗？
伊 丽 娜　　十一年了。嘿，玛莎，你哭什么，你这怪人……（含泪地）我也要哭了……
玛　　莎　　我没事。您住在莫斯科的哪条街？
维尔什宁　　老巴斯曼街。
奥　尔　加　　我们也住在那儿……
维尔什宁　　有一段时间我住在德国街。从德国街到红营房去，要路过一座阴沉的桥，桥下的水声很大。孤独的人在那儿会感到忧郁。

停顿。

> 这儿的河多宽,出产多丰富啊!真是一条很美妙的河!

奥 尔 加　是的,不过天气很冷。这里又冷又有很多蚊子。
维尔什宁　瞧您说的!这里的气候好得很,是斯拉夫的天气,有益于健康。这里有森林、河流……这里也有桦树,亲爱的、朴实的桦树,我最喜欢它们了。在这儿生活很好。只是很奇怪,火车站离城有二十里……而且谁也不知道为什么会这样。
索列内依　我知道这是为什么。

大家都看他。

> 因为如果车站近,就不可能远;既然远,就不可能近。

尴尬的沉默。

图森巴赫　您真逗,瓦西里·瓦西里伊奇。
奥 尔 加　现在我也想起您来了。我记得您。
维尔什宁　我认识您的母亲。
切布德金　她是个很好的女人,愿她上天堂。
伊 丽 娜　妈妈葬在莫斯科了。
奥 尔 加　在新处女公墓……
玛　　莎　你们说说,我已经开始忘记她的模样了。以后的

	人也不会记得我们。他们会把我们忘了的。
维尔什宁	是的，会忘记的。我们命该如此，没有办法。随着时间的流逝，我们现在觉得严肃的、重要的、有意义的东西都会被遗忘或变得不再重要。

停顿。

	有意思的是，现在我们完全不可能知道，将来究竟什么会被认为是崇高的、重要的，什么又会被看作是渺小的、可笑的。哥白尼，或者，比方说，哥伦布的发现起初难道不是被当成无用的、可笑的东西吗？而某个怪人写的什么无稽之谈，难道不曾被看作真理吗？可以预见，随着时间的流逝，我们现在这种习以为常的生活会显得奇怪、别扭，不够理智，不够纯洁，说不定，甚至还可能是罪过……
图森巴赫	谁知道呢？也说不定我们的生活会被视为高尚，人们会怀着敬意回忆起它。现在没有拷打，没有死刑，没有外国入侵，但同时又有那么多痛苦！
索列内依	（尖着嗓子）吱吱吱[1]……男爵可以不喝粥，只要让他讲大道理就行。
图森巴赫	瓦西里·瓦西里伊奇，请您别跟我纠缠……（坐到另一个地方）这样很讨厌。
索列内依	（尖着嗓子）吱吱吱……
图森巴赫	（对维尔什宁）现在的苦难，尽管非常多，可到底

---

1. 原文中是呼唤鸡的声音。

	证明了社会道德已经有了某种程度的提高……
维尔什宁	是啊,是啊,当然。
切布德金	男爵,刚才您说,人们会说我们的生活很高尚,可是人毕竟是低微的……(起身)您看,我只有这么低。为了安慰我,您只好说我的生活是高尚的。就是这么回事。

后台有人拉小提琴。

玛 莎	这是我们的哥哥安德烈在拉琴。
伊丽娜	我们的安德烈是学者,应该会当上教授。爸爸是军人,可他的儿子却选择了学者的路。
玛 莎	这是爸爸的愿望。
奥尔加	今天我们拿他开玩笑了。他好像有点陷入情网了。
伊丽娜	爱上了一位本地的小姐。今天她很可能会来。
玛 莎	哈,她的那副打扮!不是说不漂亮、不时髦,而是那根本就是寒碜。她穿着怪里怪气的艳黄色短裙,戴着俗气的流苏,配红色短上衣,脸蛋上浓妆艳抹的。安德烈没爱上她——我不能想象,他好歹是有品味的人,只是跟我们逗着玩,骗我们呢。昨天我听说她准备嫁给普罗托波波夫,本地自治委员会的主席。太好了……(向侧门)安德烈,你来一下!亲爱的,就一会儿!

安德烈上。

奥尔加	这是我哥哥,安德烈·谢尔盖伊奇。

维 尔 什 宁　维尔什宁。

安　德　烈　普罗佐洛夫。（擦脸上的汗）您来就任本地炮兵连长？

奥　尔　加　想想看，亚历山大·伊格纳季伊奇是从莫斯科来的。

安　德　烈　是吗？祝贺您，这下我的妹妹们要没完没了地跟您问长问短了。

维 尔 什 宁　我已经让您的妹妹们厌倦了。

伊　丽　娜　您看，安德烈送给我的相框！（把相框给他看）这是他自己做的。

维 尔 什 宁　（看着相框，不知说什么好）哦……好……

伊　丽　娜　钢琴上的相框也是他做的。

安德烈挥挥手要走。

奥　尔　加　他是我们的学者，又会拉小提琴，又能做木工，还能做各种小东西，一句话，是个全能的人。安德烈，别走！他就是这样——总是躲开。过来！

玛莎和伊丽娜抓着他的胳膊笑着拉他回来。

玛　　　莎　过去吧，过去吧！

安　德　烈　请你们放开我。

玛　　　莎　多好玩啊！亚历山大·伊格纳季伊奇曾经被叫作"恋爱的少校"，可他一点也不生气。

维 尔 什 宁　一点也不！

玛　　　莎　我想叫你"恋爱的小提琴手"!

伊　丽　娜　或"恋爱的教授"!……

奥　尔　加　他恋爱了!安德留沙[1]恋爱了!

伊　丽　娜　(鼓掌)太棒了!太棒了!哈!安德留沙恋爱了!

切布德金　(从背后走近安德烈,两手抱住他的腰)老天把我们生出来只是为了爱情!(大笑;他一直拿着报纸)

安　德　烈　好了,别闹了,别闹了……(擦脸)我一夜没睡,现在,就像常言说的,有点犯晕。我看书到四点钟,然后躺下,可是怎么也睡不着,东想西想的就到黎明了,太阳照进了卧室。我想今年夏天趁着在这儿的时候翻译一本英文的小书。

维尔什宁　您可以读英文书?

安　德　烈　是的。我父亲,愿他进天堂,过去他用教育压迫我们。这么说可笑又愚蠢,可还是不能不承认,他死了以后我就开始发胖,在一年之内胖了很多,好像我的身体摆脱了压迫似的。因为父亲,我和妹妹们学会了法语、德语和英语,伊丽娜还懂意大利语。可是代价太大了。

玛　　　莎　在这座城里,会三种语言是完全不必要的奢侈,甚至都算不上是奢侈,而是某种没用的累赘,就像第六根手指似的。我们懂很多没用的东西。

维尔什宁　哪里的话!(笑)懂很多没用的东西!我觉得,没有一个无聊萎靡的城市会不需要聪明且有教养的人。这座城市,当然,它又落后又愚昧,可是假

---

1. 安德烈的爱称。

定在十万居民中只有三位像你们这样的人，当然了，你们也许不能战胜包围着你们的庸众，你们可能会在以后的人生中逐渐衰败，泯灭在这十万庸众之中，生活让你们窒息了。但你们还是不会消失，不会没有影响，你们之后可能会出现六个像你们这样的人，然后是十二个，这样逐渐扩展，最后多数人都可以成为像你们这样的人。再过两百年、三百年，世界上的生活将变得无限美好，美好得不可思议。人需要那样的生活，如果那样的生活现在还没出现，那么人应该期待它，等待它，盼望它，为它做准备，为此他应该比他的祖辈和父辈看到更多，懂得更多。（笑）可你们却在抱怨自己懂很多没用的东西。

玛　　莎　（摘帽子）我留下吃饭。

伊　丽　娜　（感叹）真的，这些话都应该记下来……

安德烈不见了，他趁人不注意时离开了。

图森巴赫　您说，很多年后世界上的生活将变得美好，美得不可思议。这话不错。但是要想现在就参与这种生活，哪怕远远地参与，就要为它做准备，要工作……

维尔什宁　（起身）是啊。瞧，你们这里花儿真多！（环顾）房子也很好。我很羡慕！我一辈子都带着两把椅子和一个长沙发搬来搬去，还有几个总是倒烟的炉子。这些花儿正是我生活中所缺少的……（搓手）唉！说这些干什么！

图森巴赫　　是的,需要工作。您大概会想:这个德国人太冲动了。可是我,说实在的,是俄国人,我连德语都不会说。我父亲信东正教⋯⋯

| 停顿。

维尔什宁　　(在台上走来走去)我常想:如果能够带着自觉重新开始生活,会怎么样呢?如果第一次的生活,那已经过完的生活,就像常言说的,是草稿,那么另一次生活就是誊清的定稿!如果可以重新开始,我想,我们每一个人首先都会尽量避免重复过去的自己,至少会为自己创造一个新的生活环境,给自己布置一个像这样有花儿的、阳光充足的住处⋯⋯我有妻子和两个小女儿,而且妻子是个有病的女人,等等,等等,唉,如果能从头开始生活,我一定不要结婚⋯⋯不要,不要!

| 穿着制服的库雷金上。

库雷金　　(走向伊丽娜)亲爱的妹妹,请允许我们祝贺你的命名日,诚挚地、衷心地祝你健康,祝你实现你这个年龄的女孩子的一切愿望。请允许我送你这本小书作为礼物。(递书)这是我写的,我们学校五十年的校史。这本小书不值一提,是我闲着没事干写的,不过你还是读读吧。你们好,先生们!(对维尔什宁)我是库雷金,本地中学的教师,七等文官。(对伊

|丽娜）在这本书上你可以找到我们学校五十年来所有毕业生的名字。Feci quod potui, faciant meliora potentes.[1]（吻玛莎）

伊丽娜 可是复活节时你已经送过我这本书了。

库雷金 （笑）不可能！如果是那样就把它还给我，或者最好送给中校。中校，请收下。什么时候没事做就读一读。

维尔什宁 谢谢您。（准备走）我非常高兴认识了……

奥尔加 您要走吗？别，别！

伊丽娜 请留下和我们一起吃饭吧。

奥尔加 求您了！

维尔什宁 （鞠躬）我好像赶上了命名日。请原谅，我不知道，没有向您祝贺……（和奥尔加去大厅）

库雷金 先生们，今天是星期天，是休息的日子，我们要休息，每个人都要根据自己的年龄和状况玩乐。夏天快到了，该把地毯收起来，放上臭虫粉或樟脑，保存好，到冬天再拿出来……罗马人很健康，因为他们会劳动也会休息。Mens sana in corpore sano.[2] 他们的生活按照一定的形式进行。我们校长说，生活中最重要的就是它的形式……什么东西失去了形式就完了——我们的日常生活也是如此。（笑着搂住玛莎的腰）玛莎爱我。我的妻子爱我。窗帘也要收好，跟地毯放在一起……今天我很快活，心情好极了。玛莎，下午

---

1. 拉丁语，大意为：我尽我所能，或许别人会做得更好。
2. 拉丁语，健康的精神寓于健康的身体。

| 库 雷 金 | 四点我们一起去校长家，他们要为教师和家属办一场郊游活动。
| 玛　　莎 | 不，我不去。
| 库 雷 金 | （伤心地）亲爱的玛莎，为什么？
| 玛　　莎 | 等会儿再说……（生气地）好，我去，可是请你别缠着我……（走开）
| 库 雷 金 | 然后在校长家举行晚会。他这个人虽然身体不怎么健康，但还是热心地张罗社交活动，真是一个出色的、高尚的人，一个杰出的人。昨天教务会后他说："我很累，费奥多尔·伊利伊奇！我很累！"（看挂钟，然后看怀表）你们的表快七分钟。没错，他说，他很累！

后台传来小提琴声。

| 奥 尔 加 | 各位，请，请就座。馅饼来了！
| 库 雷 金 | 嘿，我亲爱的奥尔加，我亲爱的！我从早上一直工作到夜里十一点，很累，所以今天觉得很幸福。（到大厅的桌旁）我亲爱的……
| 切布德金 | （把报纸放进口袋，理理大胡子）馅饼？太好了！
| 玛　　莎 | （对切布德金，严厉地）您可得当心！今天一点酒都不能喝。听见了吗？喝酒对您有害处。
| 切布德金 | 哎呀！我已经改了。两年没喝醉了。（不耐烦地）嗨，亲爱的，喝不喝还不是一样！
| 玛　　莎 | 反正不许喝。不许。（生气地，但当心不让丈夫听到）又来了，见鬼，又要整个晚上都在校长家受罪！

图 森 巴 赫　我要是您就不去……很简单。

切 布 德 金　别去,我亲爱的。

玛　　　莎　是啊,不去……这生活真该死,让人受不了……
　　　　　　（去大厅）

切 布 德 金　（走向她）行了,行了!

索 列 内 依　（向大厅里走去）吱吱吱……

图 森 巴 赫　够了,瓦西里·瓦西里伊奇。行了!

索 列 内 依　吱吱吱……

库　雷　金　（高兴地）祝您健康,中校。我是教师,是这家里的人,玛莎的丈夫……她很善良,非常善良……

维 尔 什 宁　我要喝点这种深色的伏特加……（喝酒）祝您健康!（对奥尔加）在您家我觉得很舒心!……

只有伊丽娜和图森巴赫留在客厅。

伊　丽　娜　玛莎今天情绪不好。她出嫁时才十八岁,觉得他是最聪明的人。现在不是那样想了。他是最善良的,但不是最聪明的。

奥　尔　加　（不耐烦地）安德烈,你快点来啊!

安　德　烈　（从后台）马上。（进来,走向桌子）

图 森 巴 赫　您在想什么呢?

伊　丽　娜　那个,我不喜欢您那位索列内依,我害怕他。他总是说蠢话……

图 森 巴 赫　他是个怪人。我又可怜他,又烦他,但主要是可怜他。我觉得他很紧张……只有我跟他两个人的时候,他挺聪明、挺温和的,可是大庭广众之下,他却很粗鲁,好挑衅。您别过去,让他们在桌旁等一会儿。让我在您身边待一会儿。您在想什么呢?

| 停顿。

您只有二十岁,我也还不到三十岁。我们前面还有那么多年,还有长长久久的日子,它们将充满我对您的爱……

伊丽娜　尼古拉·利沃维奇,别跟我谈爱。

图森巴赫　(不听她的)我对生活、斗争和劳动怀着渴望,而在我心中,这个渴望是和对您的爱融为一体的,伊丽娜。而您又是那么美,让我觉得生活更美好了!您在想什么?

伊丽娜　您说生活很美好。是的,但如果它只是似乎很美好呢?我们三姐妹还没有过过美好的生活,生活压迫我们,就像杂草一样扼杀了我们的生机……我在流泪,不该这样的……(迅速擦脸,微笑)应该工作,工作。我们不快活,觉得生活那么阴暗,就是因为我们不知道劳动的感觉。我们出身于鄙视劳动的阶层……

| 娜塔莉亚·伊万诺夫娜进来;她穿着一条粉色长裙,系着绿色的腰带。

娜　塔　莎[1]　他们已经在那儿吃起来了……我来晚了……(瞄

---

1. 娜塔莉亚的爱称。

　　　　　　一眼镜子，整理自己）这个发型好像还不错……（看到伊丽娜）亲爱的伊丽娜·谢尔盖耶夫娜，祝贺您！（用力地、长时间地吻她）你们有很多客人，我真不好意思……您好，男爵！
奥　尔　加　（走进客厅）呀，娜塔莉亚·伊万诺夫娜来了。您好，我亲爱的！

互相亲吻。

娜　塔　莎　命名日快乐。你们这儿那么多人，我很难为情……
奥　尔　加　得了，我们都是自己人。（害怕地小声说）您系着绿腰带！亲爱的，这不好！
娜　塔　莎　莫非有忌讳？
奥　尔　加　不是，只是不太合适……有些奇怪……
娜　塔　莎　（带哭音）是吗？可这不是绿色的，其实它更接近墨绿色。（跟着奥尔加走进大厅）

人们坐在大厅吃饭；客厅里空无一人。

库　雷　金　伊丽娜，祝您找到一个好未婚夫。您该出嫁了。
切布德金　娜塔莉亚·伊万诺夫娜，也祝您找到未婚夫。
库　雷　金　娜塔莉亚·伊万诺夫娜已经有未婚夫了。
玛　　　莎　（用叉子敲盘子）我来喝上一杯！管它呢！豁出去了！
库　雷　金　你的表现连三分都得不了。

维尔什宁　果子酒很好喝。这是用什么泡的?
索列内依　蟑螂。
伊丽娜　（带哭音）呸!呸!真恶心……
奥尔加　晚饭有炸火鸡和苹果甜馅饼。感谢上帝,今天我一整天都在家,晚上也在家……先生们,晚上过来吧。
维尔什宁　晚上请允许我也来!
伊丽娜　请吧。
娜塔莎　他们真随便。
切布德金　老天把我们送到世界上只是为了爱情。（笑）
安德烈　（生气地）行了,先生们!你们难道不烦吗?

费多吉克和罗德抬着大花篮进来。

费多吉克　已经开饭了。
罗德　（大声地、大舌头地）开饭?是啊,已经开饭了……
费多吉克　稍等!（拍照）一!再等等……（又照了一张）二!现在好了!

两人抬起花篮去大厅,大厅里的人吵吵嚷嚷地迎接他们。

罗德　（大声地）祝贺您,祝您万事如意!今天的天气真好,简直妙不可言。整个上午我都在跟学生们游玩。我在学校教体操课……
费多吉克　您可以动,伊丽娜·谢尔盖耶夫娜,可以!（拍照）今天您精神焕发。（从口袋里掏出一个陀螺）对了，这个陀螺送给您……声音很特别……

伊丽娜　真好！

玛　莎　海湾上有一棵绿橡树，橡树上有一条金链子……橡树上有一条金链子……（含泪地）嗨，我为什么要说这个？从一大早这句话就在我的脑子里转来转去……

库雷金　饭桌旁一共十三个人！

罗　德　（大声）先生们，莫非你们还讲迷信？

笑。

库雷金　如果一桌十三个人，那么其中一定有人在恋爱。说不定是您吧，伊万·罗曼内奇？

切布德金　我是个有罪的老人，可我真的不明白，为什么娜塔莉亚·伊万诺夫娜觉得难为情。

哄堂大笑。娜塔莎从大厅跑进客厅，安德烈跟着进来。

安德烈　好了，别在意！等一下……停一会儿，求您……

娜塔莎　我害臊……我不知道我怎么了，他们要取笑我。离席是不礼貌，可是我受不了……受不了……（两手捂脸）

安德烈　我亲爱的，我请求您，恳求您，别担心。我保证他们是开玩笑的，都是出于善意。我亲爱的，我的好人，他们都是善良的、实心的人，他们爱我和您。来，到窗边来，在这儿他们看不见

　　　　　　我们……（回头张望）
娜 塔 莎 在社交场合，我就是觉得不习惯！……
安 德 烈 哦，你真年轻，多奇妙、多美好的青春！我亲爱的，我的好人，别那么紧张！……相信我，相信我……我那么幸福，心中充满爱和欢乐……哦，他们看不到我们！看不到！为什么，为什么我要爱上您，什么时候爱上的——哦，我什么都不明白。我亲爱的，好姑娘，纯洁的姑娘，做我的妻子吧！我爱您，爱您……我从没这样爱过一个人……

接吻。
两个军官走进来，看到这两个人在接吻，吃惊地站住了。

幕落。

第二幕

布景同第一幕。

晚八点。从幕后的街上隐隐传来手风琴声。没有点灯。

娜塔莉亚·伊万诺夫娜进来,穿着居家长袍,手里拿着蜡烛。她走到安德烈房间的门口,停下。

娜 塔 莎　安德留沙,你在做什么?在读书?没事,我随便问问……(走动,打开另一扇门,往里面看看,又关上)我看看是不是点着灯……

安 德 烈　(拿着书进来)你怎么了,娜塔莎?

娜 塔 莎　我看见没点灯……现在是谢肉节[1],仆人心里都长草了,总得盯着,怕出什么事。我昨天半夜路过餐厅,发现那儿还点着灯,到底也没弄清楚是谁点的。(放下蜡烛)几点了?

安 德 烈　(看了看表)八点一刻。

娜 塔 莎　奥尔加和伊丽娜到现在还没回来。可怜的人,整天劳动。奥尔加在教师委员会,伊丽娜在电报局……(叹气)今天早晨我跟你的妹妹说,我

---

1. 谢肉节是俄罗斯重要的节日,时间为复活节前的第八周,即大斋期的前一周。

说:"你要爱惜自己,伊丽娜,亲爱的。"她就是不听。你说八点一刻了?我担心我们的鲍比克身体不太好,为什么他身上那么凉?昨天发烧,今天又全身发凉……我真害怕!

安 德 烈　没事,娜塔莎,孩子挺健康的。

娜 塔 莎　不过饮食还是要注意点,我不放心。说是今天九点多,化装舞会的人要来我们这儿,最好别让他们来,安德留沙。

安 德 烈　我真不知道该怎么办。已经说好了。

娜 塔 莎　今天早晨孩子睡醒了,他看着我,忽然微笑了,这说明他认出我来了。"鲍比克,"我说,"你好!你好,亲爱的!"他就笑。孩子是懂事的,什么都懂。那么,安德留沙,我就不让化装舞会的人来了。

安 德 烈　(犹豫)这得由我的妹妹做主。她们当家。

娜 塔 莎　没事,我来跟她们说。她们很善良……我吩咐说晚饭要有酸奶。医生说你最好只吃酸奶,否则瘦不下来。(停下)鲍比克身上很凉,我怕他在那个房间里会冷。得给他换个房间,至少天气暖和起来之前要换一个。比方说,伊丽娜的房间正好适合小孩子,干干爽爽的,一整天都阳光充足。得跟她说一下,她可以暂时跟奥尔加住一起……反正她白天也不在家,只是晚上回来睡个觉……

| 停顿。

安德留沙，你怎么不说话？

安 德 烈 没事，我发愣了……也没什么可说的。

娜 塔 莎 是啊……我想和你说什么来着……哦，对了，地方自治会的菲拉班特来了，找你。

安 德 烈 （打呵欠）让他进来。

| 娜塔莎下。安德烈凑近她忘记带走的蜡烛，读起书来。菲拉班特上，他穿着破旧的大衣，衣领立起来，耳朵包着。

你好，我亲爱的。有什么事？

菲拉班特 主席让送来一本书还有什么文件。在这儿……（把书和夹子递过来）

安 德 烈 谢谢。好。你怎么来得这么晚？已经八点多了。

菲拉班特 什么？

安 德 烈 （大声些）我说，你来晚了，已经八点多了。

菲拉班特 就是。我来的时候天还亮着，可是他们不让我进来。他们说，老爷有事。得了，有事就有事吧，我没什么着急的。（他觉得安德烈问了他什么）什么？

安 德 烈 没事。（仔细看书）明天是星期五，我们不办事，但我还是会去……办公，在家里很闷……

| 停顿。

亲爱的老爷子，世事变化多么奇怪，生活把人欺骗得多厉害啊！今天因为无聊，因为无事可做，

> 我拿起了这本书——大学的旧讲义，我觉得好笑……我的上帝，现在我是地方自治会的秘书，就是普罗托波波夫当主席的那个委员会，我是秘书，最大的指望就是当上地方自治会的委员。我只能当本地地方自治会的委员，却每天夜里梦想着能做莫斯科大学的教授，成为杰出的学者，全俄罗斯为之骄傲的人！

菲拉班特　我不明白……我听不清……

安 德 烈　要是你听得清，也许我就不会跟你说话了。我需要跟什么人说说，可是妻子不理解我，而我的妹妹，不知为何我有些怕她们，怕她们笑话我，怕我在她们面前感到惭愧。我不喝酒，不喜欢酒馆，可是如果现在能在莫斯科的杰斯托夫酒馆或莫斯科大酒馆坐坐，我该多开心啊，我亲爱的。

菲拉班特　前几天委员会的包工头说，莫斯科的商人们一起吃馅饼，其中一个商人吃了四十个，好像撑死了。不知是四十个还是五十个，我记不清了。

安 德 烈　在莫斯科，坐在饭店的大厅里，你谁都不认识，别人也不认识你，但却不觉得自己是外人。在这儿你谁都认识，大家也都认识你，但你却是个外人，外人……一个外人，一个孤独的人。

菲拉班特　什么？

| 停顿。

> 还是那个人说的，也许他在骗人，在莫斯科要拉一条横穿全城的大绳。

安　德　烈　为什么？
菲拉班特　我不知道。包工头说的。
安　德　烈　胡说八道。（读书）你去过莫斯科吗？
菲拉班特　（停顿片刻）没去过。没那个福气。

停顿。

　　　　　我该走了吧？
安　德　烈　走吧。回见。

菲拉班特下。

　　　　　回见。（读书）明天早上来拿文件……走吧……

停顿。

　　　　　他走了。

铃声。

　　　　　啊，事儿真多……（伸懒腰，慢下，走回自己的房间）

奶妈在幕后唱歌，哄孩子。玛莎和维尔什宁进来。后来，他们谈话时，女佣点亮了灯和蜡烛。

玛　　莎　我不知道。

停顿。

> 我不知道,当然,习惯很重要。比如说,父亲去世之后,我们很久都不习惯没有勤务兵。可是除了习惯,我觉得,我心里的感觉是正确的。也许在别的地方不是这样,可是在我们这座城里,最正直、最高尚和最有教养的人是军人。

维尔什宁　我觉得口渴,最好喝点茶。

玛　　莎　(看表)很快就会准备好的。我十八岁就出嫁了。那时我很怕我的丈夫,因为他是老师,而我才刚刚从学校毕业。那时我觉得他非常有学问,非常聪明,很了不起。现在已经不是这样了,很遗憾。

维尔什宁　这个……是啊。

玛　　莎　我不谈我的丈夫,对他我已经习惯了,可是官员中间有那么多粗鲁、没礼貌又没教养的人。那种粗鲁让我不安、伤心。看到一个人不体谅、不温和、不礼貌,我就难受。当我跟我丈夫的同事——那些教师,在一起时,简直就是在受罪。

维尔什宁　是啊……可是我觉得,不管文官还是军人,全都一样无趣,至少在这个城里。都一样!……要是跟本地的知识分子谈话,不管文官也好,军人也好,那他不是因为妻子而痛苦,就是因为房子而苦恼,或者为马啦、田庄啦而糟心。俄国人以最高尚的思维方式著称,但是请问,为何在生活中他的谈吐那么平庸?为什么?

玛　　莎　为什么?

维尔什宁　为什么他因为孩子而痛苦,因为妻子而痛苦?为什么妻子和孩子因为他而痛苦?
玛　　莎　您今天心情不太好。
维尔什宁　可能。今天我没吃饭,从大清早开始就什么都没吃。我女儿有点不舒服,她一生病,我就坐立不安,就为她们有这样一个母亲而愧疚。哦,要是您看到她今天那个样子!真难看!我们从早上七点就开始吵架,到了九点我一摔门就走了。

|停顿。

　　　　　　我从来都不说这事,很奇怪,只对您一个人抱怨。(吻手)别生我的气。除了您,我没有别人了,只有您一个……

|停顿。

玛　　莎　炉子里的声音真大。我父亲去世前不久,烟囱里就这样嗡嗡嗡地响,就像这种声音。
维尔什宁　您迷信吗?
玛　　莎　是的。
维尔什宁　这真奇怪。(吻手)您是个高尚的、绝妙的女人,一个了不起的、绝妙的女人!这里很暗,可是我能看到您眼睛里的光。
玛　　莎　(坐到另一把椅子上)这里亮一些……
维尔什宁　我爱您,爱您,爱您……我爱您的眼睛,您的举止,我梦牵魂绕……高尚的、绝妙的女人!

玛　　莎　（轻笑）您这么跟我讲话，不知为何我会发笑，尽管我很害怕。不要再这么说了，求您……（小声）不过，说就说吧，我无所谓……（用手捂脸）我无所谓。有人来了，说点别的吧。

图森巴赫　我的姓有三个部分。我是图森巴赫-克伦涅-艾利特绍尔男爵，但我是俄国人，东正教徒，和您一样。我身上的德国人特性所剩无几，只剩下招您烦的耐心和执着。我每天晚上都送您回家。

伊　丽　娜　我好累！

图森巴赫　我每天晚上都会来电报局接您回家，只要您不把我赶走，我要送您十年、二十年……（看到玛莎和维尔什宁，高兴）是你们啊？你们好。

伊　丽　娜　总算到家了。（对玛莎）今天一位太太来给萨拉托夫的哥哥打电报，告诉他她的儿子死了，可是怎么也想不起地址来。结果就发了一封没有地址的电报，只发到萨拉托夫。她只知道哭，而我却无缘无故地跟她发脾气。我说"我没工夫"。真蠢啊。今天化装舞会的人来我们家吗？

玛　　莎　是的。

伊　丽　娜　（坐在软椅上）让我歇口气。累了。

图森巴赫　（微笑着）您下班回来时显得那么弱小，那么不开心……

停顿。

伊　丽　娜　我累了。不，我不喜欢电报局，不喜欢。

玛　　莎　你瘦了……（吹口哨）也年轻了，你的相貌变得像

　　　　　　个男孩子。
图森巴赫　这是发型的缘故。
伊　丽　娜　得另找一份工作，这个工作不适合我。这份工作中恰恰没我无限期待的、我所向往的东西。这是没有诗意、没有意义的劳动……

| 传来敲地板的声音。

　　　　　　医生在敲地板。（对图森巴赫）亲爱的，您敲吧。我不行……太累了……

| 图森巴赫敲地板。

　　　　　　他马上就来。应该想点办法。昨天医生跟我们的安德烈一起去俱乐部，他们又输了。听说安德烈输了二百卢布！
玛　　　莎　（无所谓地）那有什么办法！
伊　丽　娜　他两星期前输过，十二月也输过。最好快点把一切输光，说不定就能离开这座城了。我的天哪，我每天夜里都梦见莫斯科，完全像个疯子。（笑）我们六月搬过去，六月之前还有……二月，三月，四月，五月……差不多半年！
玛　　　莎　千万别让娜塔莎知道输钱的事。
伊　丽　娜　我想她无所谓。

| 切布德金上，他午饭后休息，现在刚起床，他走进客厅，梳理大胡子，然后坐在桌子后面，从口袋里掏出报纸。

玛　　莎　这不，他来了……他付房钱了吗？

伊　丽　娜　（笑）没有。八个月了，连一分钱都没付过。显然是忘了。

玛　　莎　（笑）看他坐在那儿多么神气！

大家都笑了。停顿。

伊　丽　娜　您怎么不说话，亚历山大·伊格纳季伊奇？

维尔什宁　不知道。我想喝茶，我愿意出半条命换一杯茶！从早晨到现在什么都没吃……

切布德金　伊丽娜·谢尔盖耶夫娜！

伊　丽　娜　您有什么事？

切布德金　请过来。Venez ici.[1]

伊丽娜走过去坐在桌旁。

　　　　　　我离不开您。

伊丽娜摆纸牌。

维尔什宁　喂，如果不给茶喝，那我们高谈阔论一番也好啊。

图森巴赫　好啊。谈什么呢？

维尔什宁　谈什么？让我们来憧憬……比如说，畅想一下以后，二三百年后的生活。

---

1. 法语，到这儿来。

图森巴赫　　好啊。以后人们会坐着气球飞行，服装的样式会变，可能打开第六感，对它加以培育，可是生活依然如故，生活还是困难的、充满神秘和幸福的。一千年后人类也将同样感叹："哎呀，生活多难！"还会像现在一样怕死、不想死。

维尔什宁　　（想了想）怎么跟您说呢？我觉得世界上的一切都会渐渐改变，而且改变已经在我们面前发生了。过二三百年，最终，过一千年——问题不在时间长短——会出现一种新的、幸福的生活。我们当然不会参与这种生活，可是我们现在是为它而生活、工作，嗯，受苦，我们创造它——这是我们存在的唯一目的和，如果您愿意这么说，幸福。

玛莎轻轻地笑。

图森巴赫　　您笑什么？

玛　　莎　　不知道。我从早晨开始就一直笑。

维尔什宁　　我跟您是从同一个地方毕业的，但没上过军事学院。我读的书很多，可是不会选择，所以可能读的完全不是应该读的东西。同时，我的年纪越大，求知欲越强。我的头发正在变白，差不多是个老人了，可是我知道的很少，唉，太少了。但是，无论如何，我觉得，我知道最重要和最真实的东西，确切地知道。我多想向您证明，对我们来说，幸福是没有的，不应该有，也不会有……我们只应该工作、工作，而这个幸福是我们遥远的后人的福分。

| 停顿。

> 就算我不能,但哪怕我后代的后代能享受这个幸福也好。

| 费多吉克和罗德出现在大厅;他们坐着,轻声唱着歌,弹着吉他。

图森巴赫　照您这么说,幸福是连想都不要想的了。可如果我很幸福呢?
维尔什宁　不会的。
图森巴赫　(拍一下手,笑着)显然,我们互相不理解。嗯,我该怎么说服您呢?

| 玛莎轻声笑着。

> (指着她)笑吧!(对维尔什宁)不仅过二三百年,就算过一百万年,生活也仍然会是老样子。它不会变,依然故我,遵循着自己的法则,这些法则跟您完全无关,或者至少,您永远也无法了解。比如,候鸟和鹤总是飞呀飞呀,不管它们脑子里转的是什么想法,高尚的还是渺小的,它们总要飞,而且不知道为什么飞,要飞去哪里。不管它们中间出现了什么样的哲学家,它们总是要飞的,爱讲什么大道理就讲好了,只要飞就行了……

玛　莎　总归要有点意义吧?

图森巴赫　意义……比如下雪,下雪能有什么意义?

停顿。

玛　　莎　我觉得,人应该有信仰或是要去寻找信仰,否则他的生活就是空虚的,空虚之极……活着却不知道鹤为什么飞,孩子为什么生下来,星星为什么挂在天空……要么你知道为什么生活,要么一切都是微不足道、毫无价值的。

停顿。

维尔什宁　毕竟,青春不再是令人惆怅的……
玛　　莎　果戈理说过:活在这个世界上太没劲了,先生们!
图森巴赫　而我要说:跟你们争论太困难了,先生们!你们根本……
切布德金　(读报)巴尔扎克在别尔基切夫举行了婚礼。

伊丽娜小声唱歌。

　　　　　我得把这一条记在本子上。(记)巴尔扎克在别尔基切夫举行了婚礼。(读报)
伊　丽　娜　(摆牌,若有所思地)巴尔扎克在别尔基切夫举行了婚礼。
图森巴赫　我下定决心了。您知道吗?玛利亚·谢尔盖耶夫娜,我申请退役了。

140

玛　　　莎　我听说了。我不明白这有什么好。我不喜欢文官。
图 森 巴 赫　无所谓……（站起）我相貌不英俊，当什么军人？得了，无所谓，再说……我要工作。我希望一辈子哪怕有一天晚上回家时能累得瘫在床上，倒头就睡。（离开去大厅）工作的人大概睡得很香！
费 多 吉 克　（对伊丽娜）我刚在莫斯科广场的贝日科夫商店为您买了彩色铅笔，还有这个铅笔刀……
伊　丽　娜　您习惯了把我当成小孩子，可我已经长大了……（接过笔和小刀，高兴地）真可爱！
费 多 吉 克　我也给自己买了把小刀……您看看……刀子，还有第二把、第三把，这是挖耳朵的，这是小剪子，这是剪指甲的……
罗　　　德　（大声地）医生，您多大岁数了？
切 布 德 金　我吗？三十二。

|笑。

费 多 吉 克　我这就给您另摆一个牌阵……（摆牌）

|茶炊端上来了。安菲萨站在茶炊旁，稍后娜塔莎来了，也在茶炊旁忙活；索列内依过来打过招呼后，坐在桌旁。

维 尔 什 宁　哦，风好大！
玛　　　莎　是啊，冬天已经让人厌倦了。我都忘了夏天是什么样了。
伊　丽　娜　要通了，我看出来了。我们要去莫斯科了。
费 多 吉 克　不，通不了。您瞧，八压着黑桃二，（笑）说明您去不了莫斯科。

切布德金　（读报）齐齐哈尔。这里天花肆虐。

安 菲 萨　（走近玛莎）玛莎，喝点茶，亲爱的，（对维尔什宁）请吧，老爷……请原谅，老爷，我忘了您的名字，父称[1]……

玛　　莎　拿到这儿来，奶妈。我不去那边儿。

伊 丽 娜　奶妈!

安 菲 萨　来了!

娜 塔 莎　（对索列内依）吃奶的孩子什么都懂。我说："你好，鲍比克。你好，亲爱的！"他看我的表情就不一样。您以为我是当妈的，所以偏心，但根本不是那么回事，这是个不一般的孩子。

索列内依　要是这孩子是我的，我就把他放在锅里炸了吃掉。（端着杯子进客厅，坐在角落）

娜 塔 莎　（用手捂脸）这个粗鲁的、没教养的人！

玛　　莎　不知道现在是夏天还是冬天的人是幸福的。我觉得，要是我在莫斯科，对天气就会反应迟钝……

维尔什宁　最近我读了一个法国大臣在监狱中写的日记。这个大臣因巴拿马丑闻而受审。他那么陶醉、那么欢喜地写到在监狱窗口看到的鸟儿，过去当大臣时他从未注意过它们。现在，当然，当他被释放了，又像从前一样看不到鸟儿了。等您住到莫斯科，您也会同样对它熟视无睹。我们是没有幸福的，从来没有，只能期待它。

图森巴赫　（从桌上拿起糖果盒）糖呢？

---

1. 由父亲的名字变化而来，指出某人是谁之子女，是全名的一部分。

伊 丽 娜　索列内依吃了。

图森巴赫　全吃了？

安 菲 萨　（端茶）有您的信，老爷。

维尔什宁　我的？（接过信）是我女儿写的。（读）是啊，当然……对不起，玛利亚·谢尔盖耶夫娜，我要悄悄地走了。我不喝茶了。（不安地站起来）总是来这一套……

玛　　莎　怎么了？能说吗？

维尔什宁　（小声地）我妻子又服毒了。我得走了，悄悄地走。这一切太讨厌了。（吻玛莎的手）我亲爱的、可爱的好女人……我这就悄悄地走过去……（下）

安 菲 萨　他这是去哪儿？我都把茶端来了……这个人。

玛　　莎　（生气）行了！缠来缠去的！真啰嗦……（拿着茶杯走向桌子）我真烦你，老太婆！

安 菲 萨　你干吗生气，亲爱的？

安德烈的声音："安菲萨！"

　　　　　（学他）安菲萨！整天在那儿待着……（下）

玛　　莎　（在大厅的桌旁，生气地）让我坐下！（搅乱桌上的牌）你们就知道在桌子跟前玩牌。喝茶了！

伊 丽 娜　玛莎，你很凶。

玛　　莎　我凶，你就不要跟我说话，别惹我！

切布德金　（笑着）别惹她，别惹她……

玛　　莎　您六十岁了，可是您，就像个小孩子，总是说些鬼知道是什么的东西。

娜塔莎 （叹气）亲爱的玛莎，为什么说这样的词呢？你外貌这么出众，我直说吧，要不是这些话，你在体面的上流社会里一定非常迷人。Je vous prie, pardonnez moi, Marie, mais vous avez des manières un peu prossières.[1]

图森巴赫 （忍着笑）请给我……请给我……那儿好像有白兰地……

娜塔莎 Il parait, que mon 鲍比克 déjà ne dort pas,[2] 他醒了。他好像不太舒服。我要去看看他，请原谅……（下）

伊丽娜 亚历山大·伊格纳季伊奇去哪儿了？

玛莎 回家了。他妻子又闹出什么事了。

图森巴赫 （拿着一瓶白兰地走向索列内依）您总是一个人坐着想事情，真搞不懂您究竟在想什么。得，让我们和解吧，喝点白兰地！

|唱歌。

我得弹一整晚的琴，可能要弹很多乱七八糟的曲子……得了！

索列内依 为什么要和解？我又没跟您争吵。

图森巴赫 您总是造成一种感觉，好像我们之间有什么事情似的。必须承认，您的脾气很怪。

---

1. 法语，请原谅我，玛丽，但您的做派有些粗鲁。
2. 法语，我的鲍比克好像没睡觉。

索列内依 （朗诵）我怪，谁又不怪呢！别生气，阿乐哥[1]！
图森巴赫 这关阿乐哥什么事……

停顿。

索列内依 如果跟某个人单独相处，我就挺好的，和大家一样；可是在一群人中我就很郁闷，很窘迫，结果就……喜欢胡说。但我还是比很多人都诚实和高尚。我可以证明的。
图森巴赫 我经常生您的气，您也经常在大庭广众之下跟我找茬，但不知道为什么我还是喜欢您。行了，今天我要痛痛快快地喝酒。干杯！
索列内依 干杯！

两人喝酒。

男爵，我对您从来都没有一点恶意。可我是莱蒙托夫的性格[2]，（小声）他们说，我甚至长得有点像莱蒙托夫……（从口袋里掏出香水瓶，往手上洒香水）
图森巴赫 我要申请退伍了。决定了！我琢磨了五年，终于拿定主意了。我要工作。
索列内依 （朗诵式地）不要生气，阿乐哥……忘记吧，忘记

---

1. 普希金长诗《茨冈》中的主人公。
2. 莱蒙托夫（1814—1841），杰出的俄国诗人、作家，其诗歌和小说的主人公往往具有敏感、忧郁的性格。

你的梦想……

他们说话时,安德烈拿着书悄悄上,在蜡烛旁坐下。

图森巴赫　我要去工作。

切布德金　（和伊丽娜朝客厅走）饭也是地道的高加索式:有洋葱汤,热菜是切哈尔特玛,一道肉菜。

索列内依　切哈尔特玛根本不是肉,而是一种植物,就像您那洋葱。

切布德金　不对,我亲爱的。切哈尔特玛不是葱,而是一种羊肉做的热菜。

索列内依　我告诉您,切哈尔特玛是葱。

切布德金　我告诉您,切哈尔特玛是羊肉。

索列内依　我告诉您,切哈尔特玛是葱。

切布德金　我跟您没什么可争的!您从没去过高加索,也没吃过切哈尔特玛。

索列内依　我没吃过是因为受不了那个味道,切哈尔特玛的味道和大蒜一样[1]。

安　德　烈　（恳求地）行了,先生们!求你们了!

图森巴赫　化装舞会的人什么时候到?

伊　丽　娜　定的九点。应该马上就到了。

图森巴赫　（抱着安德烈）"你啊,门廊,我的门廊,我的新门廊……"[2]

---

1. 俄文中"черемша"是"熊葱",而"切哈尔特玛"（чехартма）是高加索的一种肉汤,两个词的读法有些相近。
2. 这是一首著名的俄罗斯民歌。

安 德 烈　（跳舞，唱歌）"新门廊，槭木的门廊……"
切布德金　（跳舞）"有栅栏的门廊！"

笑。

图森巴赫　（吻安德烈）见鬼，我们干杯吧。安德留沙，让我们互相称"你"吧。我和你，安德留沙，一起去莫斯科，进大学。
索列内依　进哪个大学？莫斯科有两个大学。
安 德 烈　莫斯科只有一个大学。
索列内依　我告诉您，有两个。
安 德 烈　有三个，行了吧，那样更好。
索列内依　莫斯科有两个大学！

嘟囔，发嘘声。

　　　　　莫斯科有两个大学，一个是老的，一个是新的。要是你们不想听我说，要是我的话让你们生气，我可以不说。我甚至可以去别的房间。（从一扇门下）
图森巴赫　好啊！好啊！（笑）先生们，开始吧，我开始弹了！这个索列内依很可笑……（坐在钢琴前，弹华尔兹）
玛　　莎　（一个人跳华尔兹）男爵醉了，男爵醉了，男爵醉了！

娜塔莎上。

娜 塔 莎 （对切布德金）伊万·罗曼内奇！（跟切布德金说了什么，然后悄悄离开）

切布德金碰碰图森巴赫的肩膀，跟他小声说什么。

伊 丽 娜 怎么回事？
切布德金 我们该走了。再见。
图森巴赫 晚安。该走了。
伊 丽 娜 等等……还有化装舞会呢？……
安 德 烈 （窘）化装舞会的人不来了。你瞧，我亲爱的，娜塔莎说鲍比克闹了点毛病，所以……总之，我不知道，我真的无所谓。
伊 丽 娜 （耸肩）鲍比克不舒服！
玛   莎 有什么呢！既然赶我们，那就走好了。（对伊丽娜）不是鲍比克闹毛病，是她自己……就是这么回事！（用手指敲额头）小市民！

安德烈从右边的门下，回自己的房间，切布德金跟着他离开。人们在大厅里道别。

费多吉克 太遗憾了！我本想玩一个晚上，但既然孩子闹毛病，那当然……明天我给他带玩具来……
罗   德 （大声）午饭后我特意睡了一觉，以为会跳一夜的舞。现在才九点！

玛　　莎　我们到外面去，到外面商量怎么办。

（传来"再见！回见！"的声音）图森巴赫快乐的笑声。大家都走了。安菲萨和一个女仆收拾桌子，熄灭蜡烛。传来奶妈的歌声。安德烈穿着大衣，戴着帽子，和切布德金悄悄进来。

切布德金　我没来得及结婚，因为生命像闪电一样一闪而过，还因为我疯狂地爱上了你的母亲，而她已经结婚了……
安　德　烈　不该结婚的，不该，因为结婚后的生活很闷。
切布德金　说是这么说，可是孤单啊。不管讲什么大道理，孤独总是个可怕的东西，我亲爱的……虽然其实……当然了，完全无所谓！
安　德　烈　我们快走吧。
切布德金　着什么急？赶得上。
安　德　烈　我怕我妻子拦住我。
切布德金　哦！
安　德　烈　今天我不玩，就那么坐坐。我不太舒服……伊万·罗曼内奇，我有气喘，该怎么治？
切布德金　别问我！我不记得了，亲爱的。我不知道。
安　德　烈　我们从厨房走。

两人下。
铃声，然后又响了一次。传来说话声、笑声。

伊　丽　娜　（上）怎么回事？

安 菲 萨 （小声）化装舞会的！

| 铃声。

伊 丽 娜 奶妈，你告诉他们家里没人，请他们原谅。

| 安菲萨下。伊丽娜在房间里走来走去，想着心事，她情绪很激动。索列内依进来。

索列内依 （奇怪地）没人……大伙儿都在哪儿？
伊 丽 娜 回家了。
索列内依 奇怪。就您一个人吗？
伊 丽 娜 就我一个人。

| 停顿。

再见。
索列内依 刚才我表现得不太克制，有失分寸了。但您不像别人，您高贵、纯洁，您看得见真理……只有您，只有您一个人可以理解我。我深深地、无限地爱……
伊 丽 娜 再见！您走吧。
索列内依 没有您我活不下去。（跟着她）哦，我的快乐！（含泪）哦，我的幸福！我从未见过一个女人有这么美妙的眼睛！
伊 丽 娜 （冷淡地）好了，瓦西里·瓦西里伊奇！

索列内依 我是第一次向您表达爱,好像我不是在地球,而是在别的星球上。(擦额头)好吧,无所谓。当然了,强扭的瓜不甜……可我不能有一个幸运的情敌,不可以……我用所有圣灵的名义向您发誓,我要把他打死……哦,美妙的女人!

娜塔莎拿着蜡烛走过。

娜　塔　莎 (伸头看一扇门,又看另一扇门,走过通往丈夫房间的门)安德烈在那儿。让他看书吧。对不起,瓦西里·瓦西里伊奇,我不知道您在这儿,我穿着居家服。
索列内依 我无所谓。再见!(下)
娜　塔　莎 你累了,我亲爱的、可怜的小女孩!(吻伊丽娜)早点睡吧。
伊　丽　娜 鲍比克睡了?
娜　塔　莎 睡了,可是睡得不安生。对了,亲爱的,我想跟你说件事,可不是你不在家,就是我没时间……我觉得鲍比克在现在的儿童房又冷又潮,但你的房间对孩子来说很合适。亲爱的,亲人,你先搬到奥尔加的房间吧!
伊　丽　娜 (不明白)搬到哪里?

可以听到带着铃铛的三驾马车驶近的声音。

娜　塔　莎 你先跟奥尔加住一个房间,我要把鲍比克放在你的房间里。他真是个小宝贝,今天我跟他说:

"鲍比克,你是我的!我的!"他就睁着可爱的眼睛看我。

│铃声。

可能是奥尔加回来了。她回来得真晚!

│女仆走到娜塔莎跟前,跟她耳语。

普罗托波波夫?真是个怪人。普罗托波波夫来了,叫我跟他坐三套马车去兜风。(笑)这些男人真奇怪……

│铃声。

有人来了。不妨去兜一会儿风……(对女仆)你就说,马上来。

│铃声。

有人拉铃……大概是奥尔加。(下)

│女仆跑着下;伊丽娜坐着想心事;库雷金、奥尔加上,随后是维尔什宁。

库 雷 金　真是怪事,不是说她们要举办晚会吗?
维尔什宁　怪事,我离开没多长时间,也就半个小时,那时候还在等化装舞会的人呢……
伊丽娜 全都走了。
库雷金 玛莎也走了?她去哪儿了?普罗托波波夫为什么在楼下的马车上等着?他在等谁?
伊丽娜 别提问题……我累了。
库雷金 哼,真任性……
奥尔加 教务会议才刚结束。我真累死了。我们的女校长病了,现在我要代替她。头疼,头疼……(坐下)安德烈昨天玩牌输了二百卢布……全城都在议论这件事……
库雷金 是啊,我也开会开累了。(坐下)
维尔什宁 我妻子刚才想吓唬我,差点服毒。都处理好了,我很高兴,现在我要休息……看来得走了?好吧,请允许我告退。费奥多尔·伊利伊奇,跟我一起去什么地方吧!我不能待在家里,实在不能……走吧!
库雷金 我累了,我不去。(站起来)我累了。我妻子回家了?
伊丽娜 大概是吧。
库雷金 (吻伊丽娜的手)再见。明天和后天全天休息。再见!(边走边说)我很想喝茶。本指望跟几个投机的人一起度过一个晚上——O, fallacem hominun spem![1]……感叹句的第四格……
维尔什宁 这么说,我只好一个人去了。(吹着口哨和库雷金

---

[1] 拉丁语,哦,骗人的希望!

		一起离开)

奥 尔 加　　头疼,头疼……安德烈输了钱……全城都在议论……我去睡了。(边走边说)明天我不工作……哦,我的上帝,这太好了!明天不上班,后天也不上班……头疼,头疼……(离开)

伊 丽 娜　　(独自一人)都走了,一个人也不剩。

街上有手风琴声,奶妈在唱歌。

娜 塔 莎　　(穿着皮大衣,戴着帽子走过大厅,身后跟着女仆)我半小时后回来,我只出去一会儿。(下)

伊 丽 娜　　(剩下独自一人,痛苦地)去莫斯科!去莫斯科!去莫斯科!

幕落。

第三幕

奥尔加和伊丽娜的房间。左边和右边是两张床,各自用屏风挡住。夜里两点多。后台传来救火的钟声,火已经着了很久了。看来人们还没有就寝。玛莎躺在长沙发上,和往常一样,穿着黑色的连衣裙。

奥尔加和安菲萨上。

安 菲 萨　她们这会儿在楼下,坐在楼梯下面……我说:"上来吧。"我说:"别这样。"她们一直哭,说:"我们不知道爸爸在哪儿,不会烧死了吧?"真是瞎想!院子里也有几个人……也没穿衣服。

奥 尔 加　(从柜子里拿出几件衣服)这件灰的你拿去……还有这件……上衣也拿去……还有这条裙子,奶妈……这是怎么回事,我的天!看来基尔萨诺夫胡同全被烧光了……这个拿去……这个拿去……(把衣服往她怀里扔)可怜的维尔什宁一家吓坏了……他们家的房子差点全被烧毁了。让他们在我们家过夜吧……不能让他们回家……可怜的费

		多吉克的家被烧光了，什么都没剩下……
安 菲 萨		把菲拉班特叫来吧，奥留什卡[1]，我自己拿不了……
奥 尔 加		（摇铃）没人应……（走到门口）来人，有人吗？

门开着，可以看到火光映红了窗户，听到消防队跑过……

这真可怕，又多烦人啊！

菲拉班特上。

	把这些送到楼下去……克洛吉林家的小姐们在楼梯下面……给她们。这个也给她们……
菲拉班特	是。一二年莫斯科也被烧过[2]。我的上帝！法国人惊着了。
奥 尔 加	去吧，去吧……
菲拉班特	是。（下）
奥 尔 加	奶妈，亲爱的，全送出去吧。我们什么都不需要，全都拿出去，奶妈……我累了，快站不住了……不能让维尔什宁家的人回家……小姑娘睡在客厅，亚历山大·伊格纳季伊奇到楼下男爵的房间去……让费多吉克也住男爵的房间，或者让他睡在大厅……医生喝醉了，真不巧，醉得很厉害，他的房间没法安排人。维尔什宁的妻子也住

---

1. 奥尔加的爱称。
2. 指1812年拿破仑入侵时的莫斯科大火。

客厅吧。

安　菲　萨　（恳求地）亲爱的奥留什卡，别赶我走，别赶我！

奥　尔　加　你说什么傻话呢，奶妈。没人赶你。

安　菲　萨　（把头靠在她的胸前）我的亲人，我的好人，我干活、做事……等我干不动了，大伙儿就会说：走吧！可是我能去哪儿？去哪儿？我八十岁了，八十一了……

奥　尔　加　你坐会儿，奶妈……你累了，可怜的奶妈……（扶她坐下）歇一会儿，我的好人。你的脸那么白！

| 娜塔莎上。

娜　塔　莎　他们说要赶紧成立火灾救助委员会。不用说，这是个好主意。总应该帮助穷人嘛，这是富人的责任。鲍比克和索菲奇卡睡着呢，好像什么事都没发生一样。我们家里那么多人，到处都满满当当的。现在城里正闹流感，我担心孩子们被传染上。

奥　尔　加　（不听她的话）这个房间看不到火光，感觉挺平安的……

娜　塔　莎　是啊……我肯定邋里邋遢的。（在镜子前）有人说我胖了……不对！一点都没胖！玛莎在睡觉，她累极了，这个可怜的人……（对安菲萨，冷冷地）在我面前不可以坐着！站起来！离开这儿！

| 安菲萨下；停顿。

我不明白你为什么还留着这老太婆！

奥　尔　加　（慌张地）对不起，我也不明白……

娜　塔　莎　她在这儿一点用也没有。她是农民，应该住在村里……什么派头！家里得有规矩！家里不该有多余的人。（摸她的脸）可怜的，你累了！我们的女校长累了！等我的索菲奇卡长大，上了学，我就会怕你的。

奥　尔　加　我不会当校长的。

娜　塔　莎　大家会选你，奥莲奇卡[1]。这是没跑的。

奥　尔　加　我会拒绝的，我干不了……胜任不了……（喝水）刚才你对奶妈太粗鲁了……对不起，我受不了……我甚至眼前一黑……

娜　塔　莎　（紧张地）对不起，奥莉雅，对不起……我没想惹你不高兴。

玛莎站起来，生气地拿着枕头下。

奥　尔　加　请理解，亲爱的……也许我们受的教育有些特别，可是我受不了这个。那种态度让我心里堵得慌，我很难受……简直要崩溃了！

娜　塔　莎　对不起，对不起……（吻她）

奥　尔　加　所有的、哪怕一丁点的粗鲁，任何一句不客气的话都会让我受刺激……

娜　塔　莎　我常说不合适的话，确实。可是，我亲爱的，她真的可以住在乡下。

---

1. 奥尔加的爱称。

奥　尔　加　她在我们家已经三十年了。

娜　塔　莎　可是她现在干不了活了！要么是我不懂你的意思，要么是你不想理解我的意思。她不能干活，不是睡觉就是坐着。

奥　尔　加　那就让她坐着。

娜　塔　莎　（吃惊地）怎么能让她坐着呢？她可是仆人。（哭腔）我不懂你的意思，奥莉雅。我有保姆，有奶妈；我们有女仆，有厨娘……我们为什么还要这个老太婆呢？为什么？

后台敲钟。

奥　尔　加　这一夜我老了十岁。

娜　塔　莎　我们应该说清楚，奥莉雅，彻底说清楚……你管学校的事，我管家里的事。你懂教学，我懂家务。既然我说了仆人的事，我就知道我说的是什么，我知道我说的是——什——么……明天这个老贼，这个老东西就得离开这儿！（跺脚）这个巫婆！我不许别人气我，不许！（突然意识到失态）……真的，要是你不搬到楼下去，我们会经常吵架的。这会很可怕。

库雷金上。

库　雷　金　玛莎在哪儿？我们该回家了。听说火势压下去了。（伸懒腰）只烧了一个街区，还以为全城都要被烧了，因为有风。（坐下）我累死了。

　　　　　　　我亲爱的奥莲奇卡……我常想，要是没有玛莎，我会娶你的，奥莲奇卡。你太好了……我真受够了。（侧耳谛听）

奥　尔　加　怎么了？

库　雷　金　医生喝醉了，好像成心似的，醉得很厉害，好像成心似的！（站起来）他好像来了……听见了吗？没错，往这儿来了……（笑）这家伙，真是的……我得藏起来，（走向角落的柜子）这个强盗。

奥　尔　加　两年没喝酒，突然就喝醉了……（和娜塔莎走向房间深处）

切布德金上；他像清醒的人似的，一点都不摇晃，他穿过房间，停下，看看，然后走到洗手盆前洗起手来。

切布德金　（阴郁地）全都见鬼去吧……见鬼……他们以为我是医生，什么病都会治，其实我绝对什么都不懂，原来懂的也全忘了，什么都不记得，绝对不记得。

奥尔加和娜塔莎上，他没察觉。

　　　　　　　见鬼去吧。上个星期我在扎瑟普给一个女人看了病，结果她死了。是我的错，是的……二十五年前我还懂点什么，但现在什么都不记得，都不记得……脑袋空汤汤，心上冷冰冰。可能我就不是个人，只不过假装有手有脚……还有脑袋；说不定我根本就不存在，只不过觉得我在走路、吃喝。（哭）哦，要是不存在倒好！（不哭了，阴郁地）鬼知道……前天俱乐部里大家在谈论什么莎士比亚、伏尔泰……我没读过，根本没读过，可是脸上却做出读过的样子。别人也和我一样。卑鄙！低俗！恶心！我想起了星期三让我治死的那个女人……全都想起来了，心里很难受，别扭……我就去，喝开了……

伊丽娜、维尔什宁和图森巴赫上，图森巴赫穿着一身新的便服，样式很时髦。

伊 丽 娜　我们在这儿坐一会儿。这儿没人来。
维 尔 什 宁　如果没有士兵们，全城都得烧毁。好样的！（高兴地搓着手）了不起，真是好样的！
库 雷 金　（朝他们走来）几点了，先生们？
图 森 巴 赫　已经三点多了。天发亮了。
伊 丽 娜　大家都待在大厅里，谁都不走。你们那个索列内依也待着……（对切布德金）医生，您最好去睡觉。
切 布 德 金　没事……多谢了。（理大胡子）
库 雷 金　（笑）伊万·罗曼内奇！（拍他的肩膀）好样的！古人说，In vino veritas[1]。
图 森 巴 赫　大家一个劲地请我办音乐会，用来救济灾民。
伊 丽 娜　嗯，谁来表演……

---

1. 拉丁语，酒中见真情。

图森巴赫	要是想办的话,是可以办的,比如,玛利亚·谢尔盖耶夫娜的钢琴就弹得好极了。
库 雷 金	她弹得好极了!
伊 丽 娜	她已经忘了。三年没弹了……或者四年。
图森巴赫	这个城里没有懂音乐的人,一个也没有。可是我懂,我向你们保证,玛利亚·谢尔盖耶夫娜弹得非常出色,可以说她是个钢琴天才。
库 雷 金	您说得对,男爵。我很爱她,玛莎。她太好了。
图森巴赫	她弹得那么好,却清楚地知道没有一个人能懂!
库 雷 金	(叹息)是啊……可是她适合参加音乐会的演出吗?

停顿。

先生们,我真的一点都不知道。说不定这也挺好。要承认我们的校长是个好人,简直是很好的人,聪明之极,可是他的看法……当然了,这跟他没关系,可毕竟,您看,我也许可以跟他说说。

切布德金拿起一个瓷钟表细看。

维尔什宁 我在火场里弄得全身脏乎乎的,简直不像样。

停顿。

昨天我恍惚听见,好像要把我们这个旅调到什么很远的地方。有人说是波兰,有人说是赤塔。
图森巴赫　我也听说了。得,这个城市就要变得空荡荡了。
切布德金　(把表摔碎了)粉粉碎!

| 停顿。大家都觉得很可惜,并且很尴尬。

库 雷 金　(捡碎片)把那么贵重的东西摔碎了……哎呀,伊万·罗曼内奇!您的操行分数是负数!
伊 丽 娜　这是去世的妈妈的表。
切布德金　也许……妈妈的就妈妈的。也许我没摔,只是觉得把它摔碎了。也许我们只是觉得我们存在,实际上没有我们。我什么都不知道,没人知道任何事。(在门口)你们在看什么?娜塔莎跟普罗托波波夫有私情,你们倒看不见……你们待在那儿,什么都看不见,娜塔莎跟普罗托波波夫有私情……(唱)您是否可以接下这枚枣……(下)
维尔什宁　是啊……(笑)这一切实在古怪得很!

| 停顿。

一着火我就赶紧往家里跑,跑到那儿一看,我们的房子安然无恙,可是我的两个小女儿只穿着内衣站在门口,她们的母亲不在。人们赶着去救火,马和狗乱跑,孩子们脸上的表情,我说不上来是惊恐还是央求,反正看见她们的脸,我的心就揪起来了。我想,我的上帝啊,这两个小女孩在漫长的人生中还要经历多少事啊!我拉住她

们，一边跑一边想，她们还会在这个世界上经历些什么！

| 钟声；停顿。

我来到这儿，发现她们的母亲在这儿呢，在这儿喊叫、生气。

| 玛莎拿着枕头上，坐在沙发上。

当我看见我的两个小女儿只穿着睡衣，还光着脚站在门口，街道被火映红了，乱成一片，那时我就想，很多年前，当敌人袭击、抢劫、放火的时候，大概就是这样的情形……而且，实际上过去跟现在发生的事情有什么不同呢！再过很长时间，过他二三百年，那时候的人看我们现在的生活也会觉得可怕，带着嘲笑，现在的一切会显得粗糙、沉重，非常难堪，非常古怪。哦，毫无疑问，那时候的生活肯定大变样，那会是什么样的、什么样的生活！（笑）对不起，我又高谈阔论起来了。请允许我接着说，先生们。我非常想神聊，这会儿我正在兴头上。

| 停顿。

现在大家好像都睡了。但我要说：那会是什么样的生活！你们只要想象一下……现在，城里

像你们这样的人只有三个,以后一代一代增加,越来越多,总有一天,一切都会按照你们的方式改变,人们会按照你们的方式生活,然后你们也会衰老,会有比你们优秀的人成长起来……(笑)今天我的情绪有点特别。我太想生活了!(唱)"无论老少都受爱情左右,爱的激情有益于身心……"[1](笑)

玛　　莎　特拉姆——达姆——达姆……

维尔什宁　达姆——达姆……

玛　　莎　特拉——拉——拉?

维尔什宁　特拉——达——达。(笑)

费多吉克上。

费多吉克　(跳舞)烧了,烧了,全烧光了。

笑。

伊　丽　娜　这是好笑的事吗?全烧光了?

费多吉克　(笑)一干二净,什么都没剩下。吉他也烧了,相片也烧了,我的信……我还想送给您一个笔记本——也烧了。

索列内依上。

---

1. 这是普希金的诗歌。

伊　丽　娜　不，请您离开，瓦西里·瓦西里伊奇。这儿不能进。

索列内依　为什么男爵能进，我不能？

维尔什宁　真的该走了。火怎么样了？

索列内依　听说小了。不，我实在奇怪，为什么男爵能进，我却不能？（掏出香水瓶往身上洒）

维尔什宁　特拉姆——达姆——达姆。

玛　　莎　特拉姆——达姆。

维尔什宁　（笑，对索列内依）我们去大厅吧。

索列内依　行啊，咱们就记上一笔。这是什么意思？这个意思本应详加解释，可我怕惹恼那些鹅[1]。（看着图森巴赫）吱吱吱……

跟维尔什宁和费多吉克一起下。

伊　丽　娜　这个索列内依抽烟弄出这么大的味道……（惊怪地）男爵睡着了！男爵！男爵！

图森巴赫　（惊醒）哎呀，我累了……砖厂……我不是胡说，可不是，我很快要去砖厂了，开始工作……已经谈好了。（对伊丽娜，温柔地）您是那么苍白、美丽、迷人……您的苍白像光一样照亮了黑暗……您悲伤，您对生活不满……哦，跟我走吧，我们一起去工作。

玛　　莎　尼古拉·利沃维奇，走吧！

图森巴赫　（笑着）您在这儿呢？我没看见。（吻伊丽娜的

---

1. 引自克雷洛夫的寓言《鹅》。

手）再见吧，我要走了……现在我看着您，就想起很久以前，在您的命名日那天，您是那么生气勃勃，那么快乐，谈论着劳动的欢乐……那时候我依稀看到了幸福的生活！现在它在哪儿？（吻手）您的眼里有泪水。躺下睡吧，天都快亮了……就快到早晨了……要是您允许我为您献出生命该多好！

玛　　莎　尼古拉·利沃维奇，走吧！嗨，别说了……

图森巴赫　我走……（下）

玛　　莎　（躺下）你睡着了吗，费奥多尔？

库　雷　金　啊？

玛　　莎　你还是回家去吧。

库　雷　金　我亲爱的玛莎，我心爱的玛莎……

伊　丽　娜　她累了。让她休息会儿吧，费佳[1]。

库　雷　金　我这就走……我的妻子，好妻子，我的贤妻……我爱你，我唯一的……

玛　　莎　（生气地）Amo, amas, amat, amamus, amatis, amant.[2]

库　雷　金　（笑）不，说真的，她真了不起。结婚七年了，可是好像昨天才办了喜事似的。真的。不，说真的，你是个了不起的女人。我很满意，我很满意，我很满意！

玛　　莎　我很烦，我很烦，我很烦……（坐起来，坐着说）我脑子里总想着这个词……真气人。这件事像钉子一样钉在脑子里，不能不说。我是说安德

---

1. 费奥多尔的小名。
2. 拉丁语，我爱，你爱，他爱，我们爱，你们爱，他们爱。

烈……他把这所房子抵押给银行了，而他老婆把所有钱都拿走了，要知道房子不是属于他一个人的，是我们四个人的！他应该知道这个，如果他是个正派人的话。

库　雷　金　你何苦呢，玛莎！这跟你有什么关系？安德留沙欠了一身的债，随便他吧。

玛　　　莎　不管怎样，这太气人了。（躺下）

库　雷　金　咱们不穷。我有工作，去学校教课，课后还当家教……我是个诚实的人，是个朴实的人……所谓Omnia mea mecum porto[1]。

玛　　　莎　我什么都不要，可是不公平让我很生气。

停顿。

走吧，费奥多尔。

库　雷　金　（吻她）你累了，休息半个小时吧，我到那边待会儿，等会儿。睡吧……（走着）我很满意，我很满意，我很满意。（下）

伊　丽　娜　真的，我们的安德烈变得太厉害了，他在这个女人身边萎靡衰老得多厉害啊！当初他准备当教授，可昨天却夸耀说终于当上了地方自治会的委员。他是委员，普罗托波波夫是主席……全城都在议论、嘲笑，只有他自己什么都不知道，什么也看不见……现在大家都忙着救火，可他却待在自己的房间不闻不问，只管拉小提

---

1. 拉丁语，我的一切都随身携带。

琴。(神经质地)啊,可怕呀,可怕呀,可怕呀!(哭)我受不了了,再也受不了了!……我受不了,受不了!……

奥尔加上,整理自己桌子上的东西。

(号啕大哭)把我赶出去,赶出去,我再也受不了了!……
奥 尔 加　(惊吓)你怎么了,怎么了,亲爱的?
伊 丽 娜　(大哭着)到哪儿去了?所有的一切到哪儿去了?它在哪儿?哦,我的上帝,我的上帝!我全忘了,忘了……我脑子乱了……我不记得窗户或天花板用意大利语怎么说了……我一直在遗忘,每天都在忘,而生命在流逝,再也不会回来了。我们永远、永远不会去莫斯科了……我知道,我们去不了了……
奥 尔 加　亲爱的,亲爱的……
伊 丽 娜　(克制着)哦,我多不幸……我不能工作,我不要工作。够了,够了!我当过电报员,现在在市参议会工作,我仇恨、鄙视每一件交给我做的事……我已经二十四岁了,早就工作了,我的脑子变干了,我瘦了,丑了,老了,可是我一无所有,一无所有,没有一点点快乐,而时间在流逝!我总是觉得,我正在远离真正的美好生活,离得越来越远,正走向一个深渊。我很绝望,我很绝望!我不明白为什么到现在还活着,还没自杀……

奥　尔　加　不要哭，我的小姑娘，不要哭……我很难过。

伊　丽　娜　我不哭，不哭……行了……好了，现在我不哭了。行了……行了！

奥　尔　加　亲爱的，如果你愿意听我的建议，作为姐姐，作为朋友，我劝你，嫁给男爵吧！

| 伊丽娜轻轻地哭。

你尊敬他，对他的评价不错……当然，他不漂亮，可是他那么正派，那么纯洁……要知道结婚并不是出于爱，而是要完成自己的责任。至少我是这么想的，我愿意没有爱情就结婚。不管谁来提亲，只要是正派人，我就嫁，就算是老头也嫁……

伊　丽　娜　我一直在等，等我们搬到莫斯科，在那儿我可以遇到我的真爱，我梦想着他，爱他……可是原来这都是瞎想，都是瞎想……

奥　尔　加　（拥抱妹妹）我亲爱的好妹妹，我全明白。当尼古拉·利沃维奇男爵退伍后穿着便装来我们家，我觉得他那么丑，我甚至都哭了……他问："你哭什么？"我怎么跟他说呢？可如果上帝让他跟你结婚，我会感到幸福。这是另一回事，完全是另一回事。

| 娜塔莎拿着蜡烛，一言不发地从右边的门出来，穿过舞台走进左边的门。

玛　　莎　（坐起来）她走过去的样子就像在放火。
奥尔加　玛莎，你真傻。咱们家最傻的一个就是你。请原谅。

停顿。

玛　　莎　亲爱的姐妹，我想忏悔。我的心里很痛苦。跟你们忏悔以后，我就永远再也不跟任何人忏悔了……我这就说。（小声）这是我的秘密，但你们应该全部知道……我不能不说……

停顿。

　　　　　我爱，爱……我爱这个人……你们刚看见他了……哼，有什么呀。一句话，我爱维尔什宁……
奥尔加　（走到屏风后）别说这个。反正我不要听。
玛　　莎　有什么办法！（抱住头）开始我觉得他很奇怪，然后我开始可怜他……再后来就爱上了他……我爱他的声音，他说的话，他的不幸，他的两个小女儿……
奥尔加　（从屏风后）反正我不听。不管你说什么傻话，反正我不听。
玛　　莎　嗨，你真奇怪，奥莉雅。我爱他，就是命该如此，这就是我的命……他也爱我……这一切都很可怕，是吧？这不好，是吧？（拉着伊丽娜的手，拉向自己）哦，我亲爱的……我们会怎么度过自己的一生，我们会变成什么样……要是你读小说，就会觉得这一切不过是老一套的东西，一切都明明白白；可等你自己爱上一个人，你就会明白，谁都对此一无所知，而每个人都该为自己做出决定……我亲爱的，我的姐妹们……我跟你们坦白了，现在我不说话了……现在我要像果戈理的疯子一样……沉默……沉默……

| 安德烈上，身后跟着菲拉班特。

安 德 烈　（生气地）你要什么？我不明白。
菲拉班特　（在门口，着急地）安德烈·谢尔盖伊奇，我已经说了十来遍了。
安 德 烈　首先，你不能叫我安德烈·谢尔盖伊奇，你得叫我大人[1]！
菲拉班特　大爷，救火队的人请求您允许他们从您的花园穿过去，好直接到河边。要不总是绕圈子，太受罪了。
安 德 烈　好。跟他们说，可以。

| 菲拉班特下。

真烦人。奥尔加呢？

| 奥尔加从屏风后出来。

---

1. 原文为"высокоблагородие"，帝俄时代对六至八品官员的尊称，下一句菲拉班特用的是"высокородие"，这是对五品官员的尊称。

我是来找你的,把柜子的钥匙给我,我的那把丢了。你有那样的一把小钥匙。

奥尔加默默把钥匙给他。伊丽娜走到她的屏风后。停顿。

这场火多大啊!现在小了。鬼知道,这个菲拉班特把我惹火了,我对他说了蠢话……说什么大人……

停顿。

你怎么不说话,奥莉雅?

停顿。

别这么傻了,平白无故地闹别扭,得了……你在这儿,玛莎、伊丽娜也在,太好了——我们彻底说开了吧,一次说清楚。你们对我有什么不满?怎么了?

奥 尔 加 算了,安德留沙。明天再说吧。(激动地)多么痛苦的一夜!
安 德 烈 (他很窘)别激动,我是心平气和地问你们:你们对我有什么不满?直说吧。

传来维尔什宁的声音:"特拉姆——达姆——达姆!"

玛 莎 (站起来,大声地)特拉——达——达!(对奥尔

	加）再见，奥莉雅，上帝保佑你。（到屏风后，亲吻伊丽娜）安心睡吧……再见，安德烈。走吧，她们累坏了……我们明天再谈……（下）
奥 尔 加	真的，安德留沙，我们等到明天吧……（走到自己的屏风后）该睡了。
安 德 烈	我说完就走。马上……首先，你们对我的妻子娜塔莎不满，从结婚第一天我就发现了。如果你们想知道我的看法，我认为娜塔莎是很好的、很诚实的人，直爽，正派。我爱我的妻子，尊敬我的妻子，你们明白吗？我要求别人也尊重她。我再说一遍，她是诚实正派的人，你们所有的误会，对不起，不过是矫情罢了……

停顿。

> 第二，你们好像因为我不是教授，因为我没搞学问而生气。可是我在地方自治会工作，是地方自治会的委员，我认为我的工作跟为科学服务同样神圣和崇高。我是地方自治会委员，也为此骄傲，如果你们想知道的话……

停顿。

> 第三……我还要说……我抵押了房子，没经过你们同意……确实，这是我的错，请你们原谅我。这是迫于债务……三万五千卢布……我已经不打牌了，早就戒了，但我可以为自己辩护的主要

理由是,你们是女孩,你们有抚恤金[1],而我没有……所谓薪水……

停顿。

库　雷　金　(进门)玛莎不在这儿吗?(不安地)她在哪儿?真奇怪……(下)
安　德　烈　她们不听。娜塔莎是很好的、诚实的人。(沉默地在台上走来走去,然后停下)结婚时我以为我们会幸福……大家都会幸福……可是我的上帝啊……(哭)我亲爱的妹妹们,亲爱的妹妹们,别相信我,别相信……(下)
库　雷　金　(不安地进门)玛莎在哪儿?玛莎不在这儿?怪事。(下)

警钟声,台上空无一人。

伊　丽　娜　(在屏风后)奥莉雅!谁在敲地板?
奥　尔　加　是医生伊万·罗曼内奇。他喝醉了。
伊　丽　娜　这一夜真不安宁!

停顿。

　　　　　　(从屏风后探头)你听说了吗?这个旅要从我们这儿调走了,调到很远的地方。

---

[1] 按帝俄制度,军官死后其子女可领抚恤金,婚后停发。

奥尔加　这只是传闻。
伊丽娜　那样就只剩下我们了……奥莉雅!
奥尔加　怎么?
伊丽娜　亲爱的,亲爱的奥莉雅!我尊重、敬重男爵,他是个很好的人,我会嫁给他的,我同意。只是我们去莫斯科吧!求求你,我们走吧,世界上没有比莫斯科更好的了!我们走吧,奥莉雅!我们走吧!

| 幕落。

第四幕

　　普罗佐洛夫家房前的老花园。长长的云杉林荫道，可以看见林荫道尽头的河。河对岸是森林。右边是房子的凉台，凉台上有一张桌子，桌子上有酒瓶和酒杯，看来人们刚喝过香槟。中午十二点。偶尔有行人从街上穿过花园走向河边，五个士兵匆匆地走过去。

　　切布德金情绪很好（这一幕他始终如此），他坐在花园的一张圈椅上，等着别人叫他。他戴着军帽，拿着手杖。伊丽娜、库雷金（他脖子上挂着一枚勋章，没有小胡子）和图森巴赫站在凉台上送别费多吉克和罗德，两位军官都穿着行军的军服，正从凉台上走下来。

图森巴赫　（跟费多吉克亲吻）您是好人，我们相处得那么好。（跟罗德亲吻）再来一次……别了，我亲爱的！
伊丽娜　再见！
费多吉克　不是再见，而是别了。我们再也不会见面了。
库雷金　谁知道呢！（微笑着擦眼睛）瞧，我也哭了。
伊丽娜　终有一天我们会见面的。
费多吉克　过十年还是十五年？但那时候我们未必能认得彼此了，可能只是冷淡地打招呼……（照相）别动……最后再照一张。

罗　　　德	（拥抱图森巴赫）我们再也不会见面了……（吻伊丽娜的手）谢谢您所做的一切，一切！
费 多 吉 克	（恼火地）别动啊！
图 森 巴 赫	上帝保佑，希望我们还会见面。请给我们写信，一定要写信。
罗　　　德	（向花园扫一眼）别了，你们这些树！（喊）嗨——嗨！

停顿。

　　　　　　　别了，你这回声！
库　雷　金	说不定您会在波兰结婚……波兰妻子抱着您说："柯哈涅！"[1]（笑）
费 多 吉 克	（看看表）还有不到一个小时。我们连只有索列内依坐驳船走，我们都跟着编队走。今天出发三个炮兵连，明天再走三个——然后城里会变得清静。
图 森 巴 赫	也就是冷清得要命。
罗　　　德	玛利亚·谢尔盖耶夫娜在哪儿？
库　雷　金	玛莎在花园里。
费 多 吉 克	得跟她告别。
罗　　　德	别了，我得走了，不然我会哭的……（很快地拥抱图森巴赫和库雷金，吻伊丽娜的手）我们在这儿过得很好……

---

1. 模仿波兰语，意为："亲爱的！"

费 多 吉 克　（对库雷金）这个送给您做纪念……一个小本子和一支铅笔……我们得从这儿去河边了……

两个人离开，边走边回头。

罗　　　德　（喊）嗨——嗨！
库 雷 金　（喊）别了！

费多吉克和罗德在舞台深处遇见玛莎，跟她告别，她跟他们一起下。

伊 丽 娜　他们走了……（坐到凉台的台阶上）
切 布 德 金　他们忘了跟我告别。
伊 丽 娜　和您告什么别？
切 布 德 金　嗯，不知怎么，我也忘了。不过，我很快就会跟他们见面，我明天走。是啊……还剩一天。再过一年他们就会让我退伍，我会再来这儿，在你们身边颐养天年。我还有一年就能领养老金了……（把一张报纸放进口袋，掏出另一张报纸）等我再来找你们，我要彻底改变我的生活。我要当一个安静的、高……高档[1]的、体面的人……
伊 丽 娜　您是得改变生活了，亲爱的。得改改。
切 布 德 金　是啊，我也觉得。（小声吹口哨）特啦啦……巴比亚……我坐在石墩上……
库 雷 金　伊万·罗曼内奇改不了！改不了！

---

1. 用词错误，本想说"高尚"的。

| 切布德金 | 我最好去您那儿受训。那样我就能改了。
| 伊 丽 娜 | 费奥多尔把小胡子剃了,我真看不下去!
| 库 雷 金 | 怎么了?
| 切布德金 | 我想说现在您的脸像什么,可是我不能说。
| 库 雷 金 | 管他呢!没法子,这是一种 modus vivendi[1]。我们校长不留小胡子,我也不留,自从当上学监就剃了。谁都不喜欢,可是我无所谓。我很满意。不管我有没有小胡子,我都很满足……(坐下)

安德烈在舞台深处推着婴儿车过去,车里躺着睡觉的孩子。

| 伊 丽 娜 | 伊万·罗曼内奇,亲爱的,我的亲人,我非常担心。昨天您在街心公园,请您告诉我,发生什么事了?
| 切布德金 | 发生什么事了?没事。一点小事。(读报)没什么!
| 库 雷 金 | 听说昨天索列内依跟男爵在剧院旁的小公园碰见了……
| 图森巴赫 | 别说了!行了……(挥挥手,进了房子)
| 库 雷 金 | 在剧院旁……索列内依向男爵挑衅,男爵忍不住,说了什么狠话……
| 切布德金 | 我不知道。都是胡扯。
| 库 雷 金 | 在师范学校的时候,有一次,老师在一个学生的

---

[1] 拉丁语,生活方式。

作文上批了个"胡扯",可是学生读成了"肾脏"——他以为老师写的是拉丁文[1]呢。(笑)太可笑了。听说索列内依爱上了伊丽娜,他好像很恨男爵……这可以理解。伊丽娜是非常好的姑娘。她甚至跟玛莎很像,同样心思很重。可是,伊丽娜,你的性格比较柔和。不过玛莎,嗯,性格也很好。我爱她,爱玛莎。

|后台,花园深处传来"喔!嗨——嗨!"的喊声。

伊丽娜 (哆嗦)不知怎的,我今天一直觉得很害怕。

|停顿。

我已经都准备好了,午饭后就把东西寄走。明天我要跟男爵结婚,明天就去砖厂,后天我就在学校里了,新生活就要开始了。上帝会帮助我的!通过教师资格考试时,我甚至哭了,因为快乐,因为庆幸……

|停顿。

运行李的车马上就到……

库雷金 没错,只是不知怎么回事,这一切好像不是真的。只有很多理想,可是实在的东西很少。不

---

1. 俄语"чепуха"(胡说)和拉丁语"renixa"(肾脏)字形有些相近。

过，我衷心祝愿。

切布德金 （深情地）我的好姑娘……了不起的人儿……你们走得太远了，我赶不上你们。我落在后面，就像一只衰老的候鸟，飞不动了。你们飞吧，我亲爱的，好好飞吧！

| 停顿。

费奥多尔·伊利伊奇，您不该把小胡子剃了。

库雷金 您可算了吧！（叹气）今天军人们就走了，一切又会恢复原状了。不管人们说什么，玛莎是个很好的、诚实的女人，我很爱她，感谢我的命运。人的命运各不相同……税务局里有个科泽列夫，他跟我是同学，中学五年级就被开除了，因为他怎么也弄不懂ut consecutivum[1]。现在他一贫如洗，身体很差，我每次遇到他，就对他说："你好，ut consecutivum！"他说："是啊，正是consecutivum……"边说边咳嗽。而我一辈子都很走运，我很幸福，这不，甚至得到了斯坦尼斯拉夫二级勋章，现在我又教别人ut consecutivum了。当然了，我是聪明人，比很多人都聪明，但幸福并不在这里……

| 房子里有人用钢琴弹奏《少女的祈祷》。

---

1. 拉丁语的语句结构。

伊丽娜　明天晚上我就不会听到这首《少女的祈祷》了，也不会跟普罗托波波夫见面了……

| 停顿。

这个普罗托波波夫就坐在客厅里，今天又来了……

库雷金　女校长还没来吗？

| 玛莎溜达着轻轻走过舞台深处。

伊丽娜　没有。已经派人去找她了。您不知道，没有奥莉雅，我一个人住在这儿是多么难过……她住在学校，她是校长，整天忙学校的事，而我只有自己，我很无聊，没有事做，住的房间也很不好……我就下了决心，要是注定不能住在莫斯科，那就这样吧。看来命该如此，没有办法……这都是上帝的意思，确实。尼古拉·利沃维奇向我求婚了……得，我想了想就决定了。他是个好人，好得让人吃惊……忽然间我的心好像长出了翅膀，我开心起来，心里变得轻松，又开始想工作、工作……只是昨天出了点什么事，我的头上好像悬着一个秘密……

切布德金　肾脏。胡扯。

娜塔莎　（到窗口）女校长！

库雷金　女校长来了。我们走吧。

和伊丽娜一起进房子。

切布德金　　（边读报边小声唱）特啦啦……巴比亚……我坐在石墩上……

玛莎走近，安德烈在舞台深处推着婴儿车过去。

玛　　莎　　他坐在这儿呢，逍遥自在的……
切布德金　　怎么了？
玛　　莎　　（坐下）没什么……

停顿。

　　　　　　您爱过我母亲？
切布德金　　很爱。
玛　　莎　　她爱您吗？
切布德金　　（停顿一下）这个我已经不记得了。
玛　　莎　　我那位在这儿吗？我们的厨娘玛尔法管她那个警察就叫"我那位"。我那位在这儿吗？
切布德金　　还没来。
玛　　莎　　如果你凑巧一点一点得到了幸福，却又得而复失，你就会慢慢变得粗鲁、凶恶，就像我这样。（指着自己的胸口）我这里在沸腾……（看着推婴儿车的哥哥安德烈）这就是我们的兄弟，我们的安德烈……所有的希望都落空了。成千上万的人把一口大钟抬起来，花了很多力气和金钱，可

>它忽然掉在地上，摔碎了，猝不及防地，无缘无故地。安德烈就是这样……

安　德　烈　家里什么时候才能消停啊？真吵。

切布德金　快了。（看表，然后上表；表打点）我的表是旧式的，带打点的……一连、二连和五连一点整出发。

> 停顿。

>我明天走。

安　德　烈　不回来了？

切布德金　不知道。也许一年后回来，不过鬼知道……无所谓……

> 远处的什么地方在弹竖琴和拉小提琴。

安　德　烈　这座城正变得空荡荡的，就像用罩子罩起来一样。

> 停顿。

>昨天剧院旁出了点事，大家都在议论，我却不知道。

切布德金　没什么。都是胡闹。索列内依向男爵挑衅，男爵火了，羞辱了他，最后闹得索列内依提出决斗。（看表）好像已经到时间了……定的是十二点半，在公家的小树林，就是河对岸那片树林，从这里可以看见……"砰！砰！"（笑）索列内依把他自己想象成莱蒙托夫，甚至还写诗呢。玩笑归玩笑，不过，这已经是他的第三次决斗了。

玛　　　莎　谁？
切布德金　索列内依。
玛　　　莎　男爵呢？
切布德金　男爵怎么了？

| 停顿。

玛　　　莎　我的脑子乱了……不管怎样，我说，不该允许他们那么做。他可能把男爵打伤甚至打死。
切布德金　男爵是个好人，可是多一个男爵，少一个男爵，还不是一样。由他们去吧！全都一样！

| 花园外传来喊声："喔！嗨——嗨！"

等等，这是决斗的证人斯科沃尔措夫在喊，他在船上呢。

| 停顿。

安　德　烈　我认为，不论是参加决斗，还是当决斗的裁判，哪怕是以医生的身份，都很不道德。
切布德金　只是貌似如此罢了……世界上什么都没有，世界上没有我们，我们是不存在的，只是貌似存在罢

了……还不是都一样!

玛　　莎　一天到晚这么说呀，说呀……（走动）你生活在那种气候里，眼看就要下雪了，还要听这些谈话……（停下）我不进屋了，我不能进去……维尔什宁来了请告诉我……（在林荫道走动）候鸟已经飞了……（向上看）天鹅，或是大雁……我的亲爱的，我的幸福的鸟儿们……（下）

安　德　烈　我们的家就要空了。军官们走了，您也走了，我妹妹要出嫁了，家里只剩下我一个人了。

切布德金　还有妻子呢？

| 菲拉班特拿着文件上。

安　德　烈　妻子就是妻子。她是诚实的、正派的，嗯，一个善良的女人。可是尽管如此，她身上有某种东西，把她贬为卑微的、盲目的、粗粗拉拉的动物。不管怎么说，她不是人。我把您当作朋友，当作唯一可以说心里话的人，我跟您说吧，没错，我爱娜塔莎，可是有时候我觉得她俗不可耐，那时候我就糊涂了，我不明白为了什么、因为什么而那么爱她，或至少，曾经爱她。

切布德金　（站起来）老弟，我明天要走了，也许再也不回来了，我给你个建议。我说，你戴上帽子，拿上手杖，走吧……走吧，头也不回地走吧，走得越远越好。

| 索列内依和两个军官在舞台深处走过，他看到切布德金，就转

身向他走来,两个军官继续走。

索列内依　医生,到时候了!已经十二点半了。(跟安德烈打招呼)

切布德金　这就来。你们全都让我心烦。(对安德烈)要是有人问我,安德留沙,你就说,我这就来……(叹气)唉,嗨——嗨——嗨!

索列内依　他来不及叫一声,熊就扑上来把他压住。(和他一起走)老头,您在哼哼什么?

切布德金　哼!

索列内依　身体没事吧?

切布德金　(生气地)太好了。

索列内依　这老头没必要紧张。我不会太过分的,我只是让他受点伤,就像打丘鹬一样。(掏出香水,洒在手上)今天我倒了一瓶了,还是有怪味道。我的两只手上有死尸味。

停顿。

嗯……记得那首诗吗?"而他,不安分的,寻找风暴,好像在风暴中才有安宁……"[1]

切布德金　是啊,他来不及叫一声,熊就扑上来把他压住。(和索列内依下)

传来喊声:"嗨!喔!"安德烈和菲拉班特上。

---

1. 引自莱蒙托夫的诗《帆》。

菲拉班特　文件得签字……
安　德　烈　（烦躁地）走开！走！求求你！（推着婴儿车下）
菲拉班特　文件就是要签字的啊。（走到舞台深处）

| 伊丽娜和戴着草帽的图森巴赫上。库雷金喊着"喂，玛莎，喂！"穿过舞台。

图森巴赫　大概全城只有这个人因为军人的离开而高兴。
伊　丽　娜　可不是吗？

| 停顿。

　　　　　　我们这座城现在空了。
图森巴赫　亲爱的，我就来。
伊　丽　娜　你去哪儿？
图森巴赫　我得进城，因为……送朋友们。
伊　丽　娜　不对……尼古拉，为什么你有点精神恍惚？

| 停顿。

　　　　　　昨天在剧院旁发生了什么？
图森巴赫　（做出焦躁的动作）一小时后我就会回来，又跟你在一块儿了。（吻她的手）我心爱的……（端详她的脸）我爱你爱了五年，可还是不能平静，我觉得你越来越美了。多美的头发！多美的眼睛！明天我要带你走，我们要工作，我们会富有，我

　　　　　　的梦想就要实现了。你会幸福的。只是有一点，只有一点，你不爱我！
伊丽娜　这个我控制不了！我会做你的妻子，忠实的、温顺的妻子，但没有爱情，我没办法！（哭）我一生从没爱过。哦，我多么盼望爱情啊，我一直在盼望，日日夜夜地盼望，但是我的心就像一架昂贵的钢琴，它被锁上了，钥匙丢了。

停顿。

　　　　　　你的眼神很不安。
图森巴赫　我一夜没睡。我这一生从没遇到过什么可怕的事，没什么能让我害怕的，只是这把丢失的钥匙折磨着我的心，让我睡不着。跟我说点什么吧。

停顿。

　　　　　　跟我说点什么吧……
伊丽娜　说什么？说什么？周围的一切都那么神秘，这些老树一声不响地立着……（把头靠在他的胸前）
图森巴赫　跟我说点什么。
伊丽娜　什么？说什么？什么？
图森巴赫　什么都行。
伊丽娜　好了！好了！

停顿。

图森巴赫　有时候一些无聊的、愚蠢的小事会无缘无故地变成大事。你照旧嘲笑它们,觉得它们是小事,但你还是要去,你觉得没法停下脚步。好了,我们不说这个了!我很开心。我好像第一次看到这些云杉、槭树、桦树,一切都在好奇地望着我,等待着。这些树多美,还有,它们旁边的生活也该是非常美好的!

| 喊声:"喔!嗨——嗨!"

　　　　　该走了,到时候了……这棵树枯死了,可是它还是和其他树一起随风摇晃。所以,我觉得,如果我死了,也还是会以某种方式参与生活的。别了,我亲爱的……(吻手)你交给我的你的那些证件放在我的桌子上,压在日历下面。

伊 丽 娜　我和你一起去。

图森巴赫　(慌张地)不,不!(快走,在林荫道上停下)伊丽娜!

伊 丽 娜　怎么?

图森巴赫　(不知道说什么)我还没喝咖啡。你让他们给我煮一点……(快下)

| 伊丽娜站着愣了一会儿,然后走到舞台深处,坐在秋千上。安德烈推着婴儿车上,菲拉班特上。

菲拉班特　安德烈·谢尔盖伊奇,这些文件可不是我的,是公家的。不是我编出来的。

安 德 烈　哦，我过去的时光到哪里去了！那时候我很年轻，快乐聪明；我怀着梦想，趣味高雅；那时候我的当下与未来都闪耀着希望。为什么我们一旦开始生活就变得无趣、灰暗、乏味、懒惰、冷漠、没用、不幸……这座城已经存在两百年了，生活着十万居民，却没有一个人是跟其他人不同的，不管过去还是现在都没有一个苦干的人，没有一个学者，没有一个艺术家，没有一个稍微出众的人，可以让人嫉妒他，或引起仿效他的强烈愿望。人们只是吃喝，睡觉，然后死去……另一些人出生，也是吃喝睡觉，为了不至于被闷死，就用卑鄙的谣言、伏特加、打牌和打官司来调剂；妻子们欺骗丈夫，丈夫们撒谎，假装什么都没看见也没听到。这种极其庸俗的影响压制着孩子们，他们心里与生俱来的火花熄灭了，于是变得跟他们的父母一样渺小可怜，彼此相像，如同行尸走肉。（对菲拉班特，生气地）你有什么事？

菲拉班特　什么事？签文件啊。

安 德 烈　你真烦人。

菲拉班特　（递上文件）刚才税务局的门房说……他说，彼得堡冬天冷极了，都两百度[1]了。

安 德 烈　现实很丑陋，但每当我想到未来，它该多美好啊！于是我的心情就非常轻快，非常开阔，远方

---

[1] 这个老人糊里糊涂的，说的也是糊涂话，此处是气温很低、天气很冷的意思。

	曙光初现，我看到了自由，看到我和我的孩子们摆脱了好逸恶劳，充满着格瓦斯、白菜烧鹅、午觉和游手好闲的可耻生活……
菲拉班特	听说冻死了两千人。听说人们吓坏了。不知道是彼得堡还是莫斯科，我记不清了。
安 德 烈	（陷入温情）我亲爱的妹妹们，我的好妹妹们！（含泪）玛莎，我的妹妹……
娜 塔 莎	（在窗口）谁在那里这么大声地说话？是你吗，安德留沙？你会把索菲奇卡吵醒的。Il ne faut pas faire du bruit, la Sophie est dormée déjà. Vous êtes un ours.[1]（生气）你要是想聊天，就把车跟孩子交给别的什么人。菲拉班特，你把婴儿车从老爷手里接过来！
菲拉班特	是。（去接婴儿车）
安 德 烈	（窘迫地）我的声音不大。
娜 塔 莎	（在窗后，抚摸着自己的男孩儿）鲍比克！淘气包鲍比克！坏孩子鲍比克！
安 德 烈	（看看文件）得了，我再看看，该签字的地方签字，你再去参议会送一趟……（读着文件进屋，菲拉班特推婴儿车）
娜 塔 莎	（在窗后）鲍比克，你妈妈叫什么名字？亲爱的，亲爱的！这是谁？这是奥莉雅姑妈。跟姑妈说：你好，奥莉雅！

两个流浪乐手，一个男人和一个姑娘，拉着小提琴，弹着竖

---

1. 蹩脚的法语，意思是：别吵，苏菲已经睡了，您这头熊。

琴。维尔什宁、奥尔加和安菲萨从房内走出,默默地听了片刻。伊丽娜走来。

奥　尔　加　我们的花园就像一个过道,行人车马都从这儿穿过。奶妈,给这两个乐手一点钱吧。

安　菲　萨　(给乐手钱)走吧,求上帝保佑你们,好人。(乐手鞠躬,下)他们是苦人啊。有吃有喝的人不会卖艺。(对伊丽娜)你好,阿丽莎[1]!(吻她)噫,亲爱的,我过得好着呢!好着呢!我在学校,住公家的房子,我的亲人,跟奥留什卡一块儿——老了老了享福了。我这罪人,打生下来还没过过这样的日子呢……房子挺大,是公家的,我有整整一间,还有床。全都是公家的。我半夜醒来,心想,上帝啊,圣母啊,没有比我更有福的人了!

维尔什宁　(看一眼表)我们马上要走了,奥尔加·谢尔盖耶夫娜。我该走了。

停顿。

我祝愿您万事如意,万事如意……玛利亚·谢尔盖耶夫娜在哪儿?

伊　丽　娜　她在花园里。我去找她。

维尔什宁　劳驾了。我得赶紧走。

安　菲　萨　我也去找。(喊)玛申卡,喂!

---

1. 伊丽娜的爱称。

和伊丽娜一起去花园深处。

　　　　　　喂，喂！
维尔什宁　没有不散的筵席。我们也要分别了。（看表）市政府给我们饯行，喝了香槟，市长讲了话，我吃着、听着，可是心却在这儿，在你们这儿……（向花园张望）我跟你们相处惯了。
奥　尔　加　我们将来还会见面吗？
维尔什宁　应该不会了。

停顿。

　　　　　　我的妻子和两个小女儿还要在这住两个月，如果有什么事情或需要，请……
奥　尔　加　是的，是的，当然。放心吧。

停顿。

　　　　　　明天城里就没有一个军人了，一切都将成为回忆，对我们来说，当然，要开始一种新的生活了……

停顿。

　　　　　　一切都不能如我们的意。我不想当校长，可还是当了。看来去不了莫斯科了……
维尔什宁　好吧……谢谢您所做的一切。如果我有什么做得不对,请原谅我……我说得很多,太多了——这个也请原谅,别介意。

奥　尔　加　(擦眼睛)玛莎怎么还不来……

维尔什宁　临别时再跟您说点什么呢?讲什么大道理呢?……(笑)生活很不容易。很多人都觉得生活死气沉沉的,没有希望,但还是应该承认,它正变得越来越光明和轻松,而且看起来,在不久的将来,它就会变成完全光明的。(看表)我该走了,该走了!从前人类忙于战争,用行军、奔袭和胜利充斥自己的生活,现在这一切都过时了,在身后留下巨大的空白,暂时没有什么能来填补。人类热切地寻找着,当然一定会找到。唉,只是快点吧!

停顿。

如果,您瞧,勤劳之外再加上教育,或教育之外再加上勤劳就更好了。(看表)可是我该走了……

奥　尔　加　她来了。

玛莎上。

维尔什宁　我来告别……

奥尔加走开一点,免得打扰他们告别。

玛　　莎　（看着他的脸）别了……

长吻。

奥 尔 加　好了，好了……

玛莎号啕大哭。

维尔什宁　给我写信……别忘记我！放开我……到时间了……奥尔加·谢尔盖耶夫娜，扶住她，我已经……该走了……要晚了。（动情地，吻奥尔加的双手，然后再次拥抱玛莎，急下）

奥 尔 加　好了，玛莎！别哭了，亲爱的……

库雷金上。

库 雷 金　（不自在地）没事，让她哭一哭吧，让她哭吧……我的好玛莎，我善良的玛莎……你是我的妻子，不管怎么说，我很幸福……我不抱怨，一句也不责备你……奥莉雅可以作证……我们重新照着老样子生活，我不会跟你提一个字，也不会暗示什么……

玛　　莎　（忍着哭泣）海湾上有一棵绿橡树，橡树上有一条金链子……橡树上有一条金链子……橡树上有一条金链子……我要疯了……海湾上……有一棵绿橡树……

奥 尔 加　安静点，玛莎……安静点……给她点水。

玛　　莎　我再也不哭了……
库 雷 金　她已经不哭了……她很善良……

|远处传来一声沉闷的枪声。

玛　　莎　海湾上有一棵绿橡树，橡树上有一条金链子……绿色的猫……绿色的橡树……我弄错了……（喝水）失败的生活……现在我什么都不需要……现在我平静了……无所谓……海湾旁是什么意思？为什么这个词在我的脑子里？我脑子里乱得很。

|伊丽娜上。

奥 尔 加　平静点，玛莎。好了，聪明的姑娘……我们进屋吧。
玛　　莎　（生气地）我不去。（大哭，但马上停止）我不进那间房子，以后也不会进……
伊 丽 娜　让我们一起坐一会儿，哪怕不说话。明天我就要走了……

|停顿。

库 雷 金　昨天我从一个三年级的男孩那里没收了这副小胡子和大胡子……（戴上小胡子和大胡子）像德语教师……（笑）是不是？这些孩子真好笑。
玛　　莎　真的很像你们那个德国人。
奥 尔 加　（笑）是的。

玛莎哭。

伊丽娜　好了，玛莎！
库雷金　很像……

娜塔莎上。

娜　塔　莎　（对女仆）什么？普罗托波波夫，米哈伊尔·伊万内奇，他可以看一会儿索菲奇卡；让安德烈·谢尔盖伊奇推着鲍比克走走。小孩子的事情真多……（对伊丽娜）你明天要走，伊丽娜，真遗憾。哪怕再待一个星期呢。（看到库雷金，叫起来，库雷金笑了，摘下小胡子和大胡子）您真是的，把我吓着了！（对伊丽娜）我跟你相处惯了，跟你分开，你以为我好受吗？我让安德烈带着他的小提琴搬到你的房间——让他在那儿滋啦滋啦去吧！我们把索菲奇卡放到他的房间，她真是个了不起的宝贝儿！多可爱的小女孩！今天她用可爱的眼睛看着我，叫："妈妈！"
库雷金　很好的小孩，确实。
娜　塔　莎　这么说，明天就剩下我一个人了。（叹气）我先让人把这条云杉林荫道砍了，然后再砍这棵槭树。它在夜里显得那么可怕，那么难看……（对伊丽娜）亲爱的，这条腰带一点都不适合你……很俗气，应该扎一条颜色亮一点儿的。我要让人到处种满花，那才香呢……（严厉地）为什么长凳上扔着一把叉子？（走向房子，对女仆）我问你，为什么长凳上扔着一把叉子？（喊）住嘴！

库雷金　来劲儿了！

| 后台奏起进行曲，大家都在听。

奥尔加　他们走了。

| 切布德金上。

玛　莎　我们的人走了。行了……祝他们一路平安！（对丈夫）……该回家了……我的帽子和斗篷在哪儿……

库雷金　拿进屋里去了……我马上就取来。（进房子）

奥尔加　是啊，现在可以各回各家了。到时候了。

切布德金　奥尔加·谢尔盖耶夫娜！

奥尔加　什么事？

| 停顿。

怎么了？

切布德金　没什么……我不知道怎么跟您说……（对她耳语）

奥尔加　（害怕地）这不可能！

切布德金　是啊……就是这样……我累极了，累得要死了，不想再说话了……（沮丧地）不过，全都一样！

玛　莎　出什么事了？

奥尔加　（抱着伊丽娜）今天是可怕的一天……我不知道怎

么跟你说，我亲爱的……
伊丽娜　怎么了？你们快说呀，怎么了？看在上帝的分儿上！（哭）
切布德金　男爵在决斗时被打死了。
伊丽娜　我就知道，我就知道……
切布德金　（在舞台深处，坐在长凳上）我累极了……（从口袋里掏出报纸）让她们哭哭吧……（小声哼唱）特啦啦，巴比亚……我坐在石墩上……还不是都一样！

三姐妹互相紧紧依靠着站着。

玛　莎　哦，音乐奏得真响啊！他们正离开我们，一个人永远走了，永远地走了，再也不回来了，只剩下我们几个孤单的人，重新开始我们的生活。要活下去……要活下去……
伊丽娜　（把头靠在奥尔加的胸前）这一切是为了什么，这些痛苦是为了什么，总有一天大家会明白，不再有任何秘密，眼下要活下去……要工作，只能工作！明天我一个人走，我要在学校教书，把生命献给那些也许需要它的人们。现在是秋天，冬天很快就要到来，大雪纷飞，而我要工作，工作……
奥尔加　（抱着两个妹妹）音乐奏得那么欢快，那么有力，真想好好活着！哦，我的上帝！时间会过去，我们也会永远离开，人们会忘记我们，忘记我们的面容和声音，忘记我们有几个人。可是我们的痛苦将变为后来者的欢乐，幸福与平安将降临大地，那时人们会记起现在活着的人，赞美他们，感谢他们。哦，亲爱的妹妹们，我们的生活还没有结束，我们要活下去！音乐奏得那么欢快，那么快活，好像再等一会儿，我们就会知道为什么活着，为什么受苦……多么想知道啊，多么想知道啊！

| 乐声越来越小，库雷金喜笑颜开，拿着帽子和斗篷。安德烈推着另一辆婴儿车，里面坐着鲍比克。

切布德金 （小声哼唱）特啦啦，巴比亚……我坐在石墩上……（读报）全都一样！无所谓！
奥尔加 多么想知道，多么想知道啊！

| 幕落。

远处传来一个声音,好像琴弦断了,那声音从天而降,忧伤地绵延,渐弱,最终消失,只剩下远处花园里砍树的声音。

——《樱桃园》

——妈妈,你还记得这是什么房间吗?
——儿童室!

——度过了昏暗阴郁的秋日和枯萎寒冷的冬季之后,你又青春焕发、欣欣向荣了。

——拿去吧……给您……没有银币……管它呢,给您一个金币……

——月亮出来了。
——是啊,月亮出来了。

——请注意,还有一个魔术。

——樱桃园卖了吗?
——卖了。
——谁买了?
——我买了。

——请吧,恳求你们!喝一杯告别酒。

——春天里我种了一千亩罂粟,现在净赚了四万卢布。我的罂粟开花的时候,那景象真美!

樱桃园

四幕喜剧

人　物

拉涅夫斯卡娅·柳波芙·安德烈耶夫娜	女地主
安妮雅	她的女儿，十七岁
瓦丽雅	她的养女，二十四岁
加耶夫·列昂尼德·安德烈耶维奇	拉涅夫斯卡娅的兄弟
罗巴辛·叶尔莫拉伊·阿列克塞耶维奇	商人
特罗菲莫夫·彼得·谢尔盖耶维奇	大学生
西梅奥诺夫－彼谢克·鲍里斯·鲍里索耶维奇	地主
夏洛特·伊万诺夫娜	家庭女教师
叶比霍多夫·谢苗·潘杰烈耶维奇	庄园的管事
杜妮亚莎	女仆
菲尔斯	仆人，八十七岁
亚沙	年轻的仆人
路人	
火车站站长	
邮局职员	
客人，若干仆人	

剧情发生在拉涅夫斯卡娅的庄园。

第一幕

至今还被叫作儿童室的房间。一扇门通往安妮雅的房间。黎明,太阳马上就要升起来了。已经是五月了,樱桃树在开花,但园子里很冷,有朝寒。房间的窗户关着。

杜妮亚莎和罗巴辛上,杜妮亚莎拿着蜡烛,罗巴辛手里拿着一本书。

罗巴辛　感谢上帝,火车总算到了。几点了?

杜妮亚莎　快两点了。(熄灭蜡烛)天已经放亮了。

罗巴辛　火车这是晚了多长时间?至少两个小时!(打呵欠,伸懒腰)我倒好,真是大傻瓜!我特意到这儿来,打算接站,却一下子睡过了……就坐在那儿睡着了。真是的……你怎么不叫我啊?

杜妮亚莎　我以为您去了。(侧耳倾听)好像来了。

罗巴辛　(侧耳听)还没有……还要提取行李,这事那事的……

停顿。

柳波芙·安德烈耶夫娜在国外生活了五年，不知道她现在变成什么样了……她是个好人，是个随和、亲切的人。我记得，我还是个十五岁上下的孩子的时候，我那过世的父亲——那时候他在这儿的村子里做小买卖——用拳头揍我的脸，揍得我鼻子都流血了……当时我们一块儿来庄园上办事，他喝醉了。柳波芙·安德烈耶夫娜，现在想起来，她那时还很年轻，瘦瘦的，她把我带到洗脸盆跟前，就在这个房间，儿童室。"别哭了，小乡巴佬，"她说，"你娶媳妇之前会好的……"

停顿。

小乡巴佬……不错，我父亲是个乡巴佬，可我，这不，穿着白背心、黄皮鞋，人模狗样的……我是阔了，有钱了，可要说到脑子，乡巴佬就是乡巴佬……（翻书）这不，我在看这本书，可是啥都看不懂，看着看着就睡着了。

停顿。

杜妮亚莎　可那几条狗一夜没睡，它们觉出主人要回来了。
罗 巴 辛　杜妮亚莎，你怎么了？怎么这个样子……
杜妮亚莎　我的手在抖呢。我要晕过去了。
罗 巴 辛　你真娇气，杜妮亚莎。你穿的也跟小姐一样，发式也是。不能这样,得记得自己的身份。

叶比霍多夫拿着一束花上,他穿着西装,靴子擦得锃亮,走起来吱吱响。他进门时把花束给掉了。

叶比霍多夫 （捡起花束）这是花匠送来的,说是要摆在餐厅。
（把花束交给杜妮亚莎）
罗 巴 辛 给我拿格瓦斯来。
杜妮亚莎 好的。（下）
叶比霍多夫 现在有朝寒,才零下三度,可是樱桃树全开花了。我对我们的气候真不敢恭维,（叹气）不敢恭维。我们的气候着实不宜。喏,叶尔莫拉伊·阿列克塞伊奇,请允许我附带问一声,我这靴子才买了三天,可它们,我敢跟您担保,响得不可开交。涂什么油为好?
罗 巴 辛 行了吧,真受不了你。
叶比霍多夫 在我身上每天都发生着某种不幸,而我从无怨言,甚至惯于微笑相向。

杜妮亚莎上,递给罗巴辛格瓦斯。

我去了。（撞上椅子,把椅子碰翻）瞧……（好像很得意）瞧吧,这是,请原谅我的措辞,怎样的境遇,话说……这简直太妙了!（下）
杜妮亚莎 叶尔莫拉伊·阿列克塞伊奇,我跟您说,叶比霍

罗 巴 辛　　多夫跟我求婚了。

罗 巴 辛　　哦！

杜妮亚莎　　我不知道怎么办……他这人挺文气，就是有时候一张嘴说话，叫人一点都听不懂。他说得挺好，挺有感情的，可就是让人听不懂。我好像挺喜欢他。他爱我爱得要命。他是个不幸的人，每天都会遇到点事儿……我们逗他，管他叫"二十二个不幸"……

罗 巴 辛　　（谛听）好像来了……

杜妮亚莎　　来了！我这是怎么了……全身发冷。

罗 巴 辛　　真的来了。我们去接。她能认出我吗？五年没见了。

杜妮亚莎　　（紧张地）我马上就要昏过去了……嗨，要昏了！

|可以听到两驾马车向房子驶来。罗巴辛和杜妮亚莎迅速下。空无一人的舞台。旁边的房间里开始喧闹。菲尔斯拄着拐杖急忙穿过舞台，去迎接柳波芙·安德烈耶夫娜。他穿着仆役的制服，戴着高帽子，自言自语地说着什么，但一个字都听不清。后台的喧闹声越来越大。有人说："咱们这边走……"柳波芙·安德烈耶夫娜、安妮雅和用链子牵着一条小狗的夏洛特·伊万诺夫娜上，她们都穿着旅行装。穿着大衣和长裙的瓦丽雅、加耶夫、西梅奥诺夫–彼谢克、罗巴辛，拿着包袱和伞的杜妮亚莎，以及几个搬着东西的仆人——这些人穿过房间。

安　妮　雅　　这边走。妈妈，你还记得这是什么房间吗？

柳 波 芙　（快乐地、含泪地）儿童室!

瓦 丽 雅　多冷啊，我的手都冻僵了。（对柳波芙·安德烈耶夫娜）您的房间，白房间和紫房间，还是原来的样子，亲爱的妈妈。

柳 波 芙　儿童室，我亲爱的，是很好的房间……我小的时候就睡在这儿……（哭）现在我也像个小女孩……（吻她的哥哥和瓦丽雅，然后又一次吻哥哥）瓦丽雅还是和原先一样，像个修女。杜妮亚莎我也认出来了……（吻杜妮亚莎）

加 耶 夫　火车晚点了两个小时。这像什么话？真是岂有此理！

夏 洛 特　（对彼谢克）我的狗连核桃都吃。

彼 谢 克　（吃惊地）真不得了！

除了安妮雅和杜妮亚莎，众人下。

杜妮亚莎　我们都等急了……（给安妮雅脱大衣，摘帽子）

安 妮 雅　路上我连着四个晚上没睡觉……现在都冻僵了。

杜妮亚莎　您是在大斋的时候[1]走的，当时下着雪，天很冷，现在呢？我亲爱的！（笑，吻她）我把您想坏了，我的好小姐……我得马上告诉您，一分钟也等不了……

安 妮 雅　（懒懒地）又有什么事……

杜妮亚莎　复活节后管事叶比霍多夫跟我求婚了。

---

1. 复活节前的七周为大斋期。

安 妮 雅　　你总是说这种事……(理理头发)我所有发卡都弄丢了……(她很疲倦,甚至有点摇晃)

杜妮亚莎　　我真不知道该怎么办。他爱我,很爱我!

安 妮 雅　　(朝自己房间望,温情脉脉地)我的房间,我的窗户,就像我从没离开过一样。我到家了!明早起床后,我要跑进花园……哦,要是能睡着就好了。我一路上都没有睡,心神不宁的。

杜妮亚莎　　彼得·谢尔盖伊奇前天来了。

安 妮 雅　　(高兴地)别佳[1]!

杜妮亚莎　　他在浴室睡觉呢。他就住在那儿,说是怕打扰别人。(看自己的怀表)该把他叫醒的,可瓦尔瓦拉·米哈伊洛夫娜[2]不让。她说,你别叫他。

瓦丽雅上,她的腰间挂着一串钥匙。

瓦 丽 雅　　杜妮亚莎,快点煮咖啡……妈妈要咖啡。

杜妮亚莎　　这就来。(下)

瓦 丽 雅　　好了,感谢上帝,你们到了。你又回家了。(抚摸她)我的小宝贝回来了。我的美人来了!

安 妮 雅　　我受了好多罪。

瓦 丽 雅　　我能想得出!

安 妮 雅　　我是在受难周[3]走的,那时候很冷。夏洛特一路上

---

1. 彼得的小名。
2. 瓦丽雅的正式名字。
3. 复活节前的一周。

说个不停，还总是变魔术。你干吗要让夏洛特跟着我……

瓦丽雅　你不能一个人出门，宝贝儿。你才十七岁！

安妮雅　我到了巴黎，那儿很冷，下着雪。我的法语说得很糟。妈妈住在五层，我到了她的房里，她那儿正好有一些法国人，还有几位女士和一个拿着书的老神父。房子里烟味很大，很不舒服。我忽然心疼起妈妈来，心疼得厉害。我抱住她的头，两只胳膊紧紧地抱着她不放。然后妈妈一直爱抚我，流眼泪……

瓦丽雅　（含泪地）别说了，别说了……

安妮雅　她把芒通[1]附近的别墅卖了，什么都没剩下，简直一无所有。我也没剩下一分钱，凑凑合合地回来的。可妈妈就是不明白！我们在车站吃饭，她还是点最贵的菜，一卢布一卢布地给侍者小费。夏洛特也是。亚沙也要一份菜，简直太可怕了。你知道妈妈有个仆人亚沙，我们把他带到这儿来了……

瓦丽雅　我看见这坏蛋了。

安妮雅　怎么样了？利息付了吗？

瓦丽雅　哪付得出啊。

安妮雅　我的上帝，我的上帝……

瓦丽雅　八月就要卖庄园了……

安妮雅　我的上帝……

---

1. 法国的一个疗养地。

罗巴辛 （在门口探了下头,发出牛叫）哞……（下）

瓦丽雅 （含泪地）看我不揍他……（握拳威吓）

安妮雅 （拥抱瓦丽雅,小声地）瓦丽雅,他求婚了吗?（瓦丽雅否定地摇摇头）他是爱你的……你们为什么不说破,你们在等什么呢?

瓦丽雅 我觉得我们不会有结果的。他生意很忙,根本就顾不上我……也不在意我。去他的吧,我看见他就心里不痛快……大家都在谈论我们的婚事,大伙儿都来祝贺,可是其实什么事都没有,一切都像做梦……（换了一种口气）你的胸针像一只蜜蜂。

安妮雅 （伤感地）这是妈妈买的。（走向自己的房间,开心地、孩子气地）我在巴黎坐了热气球!

瓦丽雅 我的宝贝回来了!小美女回来了!

杜妮亚莎已经拿着咖啡壶回来了,在煮咖啡。

（站在门旁）宝贝,我整天跑来跑去,忙着家务,一边忙一边想,盼着把你嫁给一个有钱人,那样我就安心了,我就能去偏远的修道院,然后去基辅……去莫斯科,就这样不停地走,去参拜所有的圣地……走啊走啊,多好啊!……

安妮雅 花园里有鸟在叫。现在几点了?

瓦丽雅 大概两点多。你该睡了,宝贝。（边走进安妮雅的房间边说）多好啊!

亚沙拿着方格毛毯和旅行提包上。

亚　　　沙　（走过舞台，优雅地）请问可以从这里过去吗？
杜妮亚莎　都认不出您了，亚沙。您在国外变得真厉害。
亚　　　沙　哦……您是哪位？
杜妮亚莎　您离开这儿的时候，我才这么高……（比画高度）我是杜妮亚莎，费奥多尔·柯左耶多夫的女儿。您不记得了！
亚　　　沙　哦……小黄瓜！（四下看看，抱她；她喊了一声，碟子掉在地上。亚沙迅速下）
瓦　丽　雅　（从门后，不满的声音）又怎么了？
杜妮亚莎　（含泪地）我把碟子摔了……
瓦　丽　雅　这是好兆头。
安　妮　雅　（从自己的房间出来）应该提前告诉妈妈，别佳在这儿……
瓦　丽　雅　我让人不要叫醒他。
安　妮　雅　（沉思地）六年前父亲去世了，一个月后弟弟格里沙也在河里淹死了。他是个可爱的七岁的孩子。妈妈受不了，就走了，头也不回地走了……（哆嗦）她不知道，我是多么地理解她……

停顿。

别佳·特罗菲莫夫是格里沙的老师，他可能会让妈妈想起……

菲尔斯上,他穿着正装的外衣和白背心。

菲 尔 斯 (走向咖啡壶,操心地)夫人要在这儿吃东西……(戴上白手套)咖啡煮好了吗?(对杜妮亚莎,严厉地)你!炼乳呢?

杜妮亚莎 哎呀,我的上帝……(急下)

菲 尔 斯 (在咖啡壶边忙活着)嗨,不成器的……(自言自语地嘟囔)他们从巴黎回来了……从前老爷去过巴黎……坐着马车……(笑)

瓦 丽 雅 菲尔斯,你说什么呢?

菲 尔 斯 什么?(高兴地)我的太太回来了!我等到她了!现在死也甘心了……(高兴得哭起来)

柳波芙·安德烈耶夫娜、加耶夫、罗巴辛、西梅奥诺夫-彼谢克上。西梅奥诺夫-彼谢克穿着薄呢紧腰衬衣和肥腿裤,加耶夫边走边用胳膊和身子做出打台球的动作。

柳 波 芙 怎么说来着?让我想想……击球进角兜!达布列特进中兜[1]!

加 耶 夫 我打偏杆进角兜!妹妹,当年我跟你就睡在这个房间,而现在我已经五十一岁了,这多不可思议啊。

罗 巴 辛 是啊,时间过得很快。

---

1. 本剧多次出现打台球的专门用语。此处的"达布列特"即 doublelette,指自己的球先撞边再击打对方的红球进兜。

加 耶 夫　什么?

罗 巴 辛　我说,时间过得很快。

加 耶 夫　这儿有股广藿香的香水味。

安 妮 雅　我去睡了。晚安,妈妈。(吻母亲)

柳 波 芙　我的宝贝。(吻她的手)回家了,你高兴吗?我怎么也平静不下来。

安 妮 雅　舅舅,再见。

加 耶 夫　(吻她的脸和手)上帝保佑你,你多像你母亲啊!(对妹妹)柳芭[1],你像她这么大的时候跟她一模一样。

| 安妮雅向罗巴辛和彼谢克伸手告别,下,随手关上门。

柳 波 芙　她累坏了。

彼 谢 克　大概路远得很吧。

瓦 丽 雅　(对罗巴辛和彼谢克)好了,先生们,两点多了,该告退了。

柳 波 芙　(笑)你还是那样,瓦丽雅。(把她拉过来吻她)我先喝了咖啡,然后我们大家就散了。

| 菲尔斯在她的脚下放垫子。

　　　　　谢谢,亲爱的。我习惯喝咖啡,白天晚上都喝。谢谢,我的老爷子。(吻菲尔斯)

---

1. 柳波芙的小名。

瓦 丽 雅　我去看看是不是所有行李都运来了……（下）

柳 波 芙　莫非我真的坐在这儿了？（笑）我真想蹦蹦跳跳，手舞足蹈。（双手捂脸）我是不是在做梦！上帝看见了，我是那么爱故乡，满怀柔情地爱着它。在火车上我不敢往外看，一看就要哭。（含泪地）可是我要喝咖啡。谢谢你，菲尔斯，谢谢，我的老爷子。你还活着，我太高兴了。

菲 尔 斯　前天。

加 耶 夫　他耳朵背。

罗 巴 辛　我马上要去哈尔科夫，早上四点多出发。真可惜！真想好好看看您，和您好好聊聊……您还是那么光彩照人。

彼 谢 克　（喘着粗气）甚至更漂亮了……穿戴都是巴黎的式样……我崇拜得五体投地……

罗 巴 辛　您的哥哥，就是这位列昂尼德·安德烈伊奇，说我是个粗人，是个土财主，可是我一点也不在乎。让他说去吧。我只是指望您能照旧相信我，您那动人的目光能像过去一样看着我。仁慈的上帝！我的父亲是您爷爷和父亲的农奴，可是您，正是您，为我做了那么多事，让我把这些都忘了，我像爱亲人一样爱您……比亲人还亲。

柳 波 芙　我不能坐着，我坐不住……（跳起来，非常激动地走来走去）我受不住这样的快乐……笑我吧，我很傻……我亲爱的小柜子……（亲吻柜子）我的小桌子。

加　耶　夫　你不在的时候奶奶去世了。

柳　波　芙　（坐下，喝咖啡）是啊，愿她上天堂。你们写信告诉我了。

加　耶　夫　阿纳斯塔西也死了。斜眼彼特鲁什卡离开了我，现在他在城里给警察局长当差。（从口袋里掏出一个糖盒，把一块糖喂进嘴里）

彼　谢　克　我女儿达申卡……向您问好……

罗　巴　辛　我本想跟您说点开心的话，（看表）可我这就要走了，没时间闲聊了……好吧，我就说两三句吧。您已经知道，您的樱桃园要出卖抵债，拍卖日期定在八月二十二日。但您不用担心，我亲爱的，您尽管放心，有办法的……我的计划是这样的。请注意听！您的庄园离城只有二十里，铁路从旁边经过，如果把樱桃园和沿河的地方辟为别墅区，再租给人们盖别墅，那么您一年最少能有两万五千卢布的收入。

加　耶　夫　对不起，但这真是个馊主意！

柳　波　芙　我不太明白您的意思，叶尔莫拉伊·阿列克塞伊奇。

罗　巴　辛　您一年至少可以从盖别墅的人手里收每亩二十五卢布的租金，如果现在开租，那我保证到秋天一块地都剩不下，会全部租出去。总之，恭喜您，您得救了。这个位置非常好，河很深，只是，当然需要整修整修，清理清理……比如说，拆掉所有老建筑，这座房子也

		要拆掉，它已经完全不合适了，这个老樱桃园也要砍掉……
柳 波 芙		砍掉？我亲爱的，对不起，可您什么都不懂。如果说全省有什么有意思的甚至美妙的东西，那就只有我们的樱桃园了。
罗 巴 辛		这个园子只有一个美妙之处，就是它很大。樱桃隔年才结一次，还不知道怎么处置，都没人想买。
加 耶 夫		连《百科全书》里都提到了这个园子。
罗 巴 辛		(看表) 如果我们什么办法都想不出，听之任之，那么八月二十二日樱桃园和整个庄园都会被拍卖。下决心吧！我跟您发誓，再也没有别的办法了。真的一点办法也没有。
菲 尔 斯		从前，四五十年以前，人们把樱桃晒成干，泡酒，腌起来，做果酱，还有，那时候……
加 耶 夫		别说了，菲尔斯。
菲 尔 斯		那时候，樱桃干一车一车地运到莫斯科和哈尔科夫，能赚不少钱！那时候的樱桃干是软的，有汁水，又甜又香……那时候人们对樱桃有办法……
柳 波 芙		现在这个办法呢？
菲 尔 斯		忘了，谁都不记得了。
彼 谢 克		(对柳波芙·安德烈耶夫娜) 巴黎怎么样？有什么新鲜事？您吃过青蛙吗？
柳 波 芙		我吃过鳄鱼……

彼谢克　　真不得了……

罗巴辛　　在此之前，乡下只有老爷和农民，而现在还出现了住别墅的人。现在所有城市，哪怕是不大的城市，周围也都是别墅。可以说，二十年以后，住别墅的人会多到不得了。现在他们只是在凉台上喝喝茶，可是以后他们也会在自己的一亩三分地上种起东西来，那时候你们的樱桃园就会变成一个幸运的、富裕的、兴盛的地方……

加耶夫　　（生气）真是胡说八道！

瓦丽雅和亚沙上。

瓦丽雅　　妈妈，这儿有您的两封电报。（挑出一把钥匙，"咔嚓"一声打开旧柜子的门）在这儿呢。

柳波芙　　这是从巴黎来的。（没有读完，把电报撕了）巴黎的一切都结束了……

加耶夫　　柳芭，你知道这个柜子有多少年了吗？一星期前我拉开下层的抽屉，看见那儿烙着日期。这个柜子是整一百年前做的。厉害吧？啊？可以庆祝纪念日了。这东西没有生命，但不管怎么说，毕竟是书柜。

彼谢克　　（吃惊地）一百年……真不得了！……

加耶夫　　是啊……是个好东西……（抚摸柜子）亲爱的、尊敬的柜子！我向你致敬，百余年来，你一直向往善与正义的光辉思想，你无声地呼唤人们去做带来丰硕果实的工作，这呼唤百年来从未变弱，一直支撑着（含泪地）我们家族一代又一代的生机和对美好未来的信心，培育我们的善心和社会责任的理想。

停顿。

罗巴辛　是啊……
柳波芙　你还是老样子，列奥尼亚[1]。
加耶夫　（有点窘）打球右边进角兜！打偏杆进中兜！
罗巴辛　（看了一下表）好，我该走了。
亚　沙　（给柳波芙·安德烈耶夫娜药）您是不是现在把药丸吃了……
彼谢克　您不应该吃药，最亲爱的……它们治不好也治不坏……拿到这儿来……非常尊敬的女士。（拿过药丸，把它们撒在自己的手掌上，向它们吹口气，放进嘴里，用格瓦斯送了下去）瞧！
柳波芙　（害怕地）您疯了！
彼谢克　我把所有药丸都吃了。
罗巴辛　真能吃。

众人笑。

---

1. 列昂尼德的小名。

菲 尔 斯　他老人家来我们家过复活节，吃了半桶黄瓜……
　　　　　（嘟囔）
柳 波 芙　他说什么呢？
瓦 丽 雅　他这么嘟嘟囔囔已经两三年了。我们都习惯了。
亚　　沙　岁数大了。

|夏洛特·伊万诺夫娜走过舞台，她穿着白色连衣裙，非常瘦，衣服紧绷，腰带上别着长柄眼镜。

罗 巴 辛　请原谅，夏洛特·伊万诺夫娜，我还没来得及跟您问好。（想吻她的手）
夏 洛 特　（把手抽回来）要是允许您吻我的手，那您接下来就会想吻我的胳膊肘，然后又想吻肩膀了……
罗 巴 辛　今天我很不走运。

|众人笑。

　　　　　夏洛特·伊万诺夫娜，变个魔术吧！
柳 波 芙　夏洛特，变个魔术吧！
夏 洛 特　不行。我想睡觉。（下）
罗 巴 辛　过三个星期见。（吻柳波芙·安德烈耶夫娜的手）再见。我该走了。（对加耶夫）再见。（和彼谢克亲吻）再见。（和瓦丽雅握手，然后和菲尔斯、亚沙握手）真不愿意走。（对柳波芙·安德烈耶夫娜）如果你们拿定主意租给人建别墅，就跟我说，我能借来五万卢布。请好好想想吧。

瓦 丽 雅 （生气地）您倒是走啊！

罗 巴 辛 我走，我走。（下）

加 耶 夫 这个粗人。不过，对不起……瓦丽雅要嫁给他了，他是瓦丽雅的未婚夫。

瓦 丽 雅 舅舅，不要乱讲。

柳 波 芙 没关系，瓦丽雅，我会很高兴的。他是个好人。

彼 谢 克 这人，说实话……好得很……我的达申卡……也说……七七八八地说了一些。（打呼噜，但立刻醒了）不过，非常尊敬的女士，借我点钱……借我二百四十卢布……明天我要付抵押契约的利息……

瓦 丽 雅 （害怕地）没有，没有！

柳 波 芙 我真的一点钱都没有。

彼 谢 克 会找到的。（笑）我从来不会丢掉希望。我正想着，全完了，死定了，结果——铁路从我的地上过，他们就给我送钱来了。瞧着吧，过不了两天又会有好事了……达申卡会中二十万卢布……她有一张彩票。

柳 波 芙 咖啡喝完了，可以去睡了。

菲 尔 斯 （用刷子给加耶夫刷衣服，训他）又没穿那条裤子。我该拿您怎么办！

瓦 丽 雅 （小声地）安妮雅睡着了。（轻轻打开窗户）太阳出来了，不冷了。妈妈，您瞧，多美的树啊！我的上帝，空气多新鲜！椋鸟在唱歌！

加 耶 夫 （打开另一扇窗户）花园里一片白。你没忘记吧，柳芭？这条长长的林荫道那么笔直，就像绷紧的皮带，它在月夜里是发亮的。你记得吗？没忘吧？

柳 波 芙 （看着窗外的花园）哦，我的童年，我的纯真！我曾睡在这个儿童室里，从这里看花园，每天早晨幸福和我一起醒来，那时候的花园和现在一模一样，什么都没变。（快乐地笑）满园白花！哦，我的花园！度过了昏暗阴郁的秋日和枯萎寒冷的冬季之后，你又青春焕发、欣欣向荣了。天使们没有遗弃你……如果能把沉重的石头从我的胸口和肩头卸下就好了，如果我能忘记我的过去就好了！

加 耶 夫 是啊，花园要被卖掉抵债了，真不敢相信……

柳 波 芙 你们看，去世的妈妈正在花园里走着……她穿着白色的连衣裙。（高兴地笑）是她。

加 耶 夫 在哪儿？

瓦 丽 雅 上帝保佑您，好妈妈。

柳 波 芙 什么人都没有，是我的幻觉。右边，往亭子拐的地方，有一棵开白花的树倾斜着，好像一个女人……

特罗菲莫夫上，他穿着破旧的大学生制服，戴着眼镜。

多奇妙的花园！云海似的白花，蔚蓝的天……

特罗菲莫夫 柳波芙·安德烈耶夫娜!

> 她回头看他。

> 我只是来跟您问个好,马上就走。(热烈地吻她的手)他们让我等到早晨,可我等不及……

> 柳波芙·安德烈耶夫娜困惑地看着他。

瓦 丽 雅 (含泪地)这是别佳·特罗菲莫夫……
特罗菲莫夫 别佳·特罗菲莫夫,您的格里沙从前的老师……难道我的变化这么大吗?

> 柳波芙·安德烈耶夫娜拥抱他,小声哭泣。

加 耶 夫 (发窘地)好了,好了,柳芭。
瓦 丽 雅 (哭)别佳,我跟你说了,让你等到明天。
柳 波 芙 我的格里沙……我的孩子……格里沙……儿子……
瓦 丽 雅 有什么办法,好妈妈。这是上帝的意志。
特罗菲莫夫 (柔声,含泪地)好了,好了……
柳 波 芙 (轻声哭泣)孩子死了,淹死了……为什么,为什么,我的朋友?(压低声音)安妮雅在那儿睡着了,可我说话那么大声……那么吵……您怎么了,别佳?您为什么变得丑多了?为什么变老了?
特罗菲莫夫 在火车上一位乡下女人管我叫"秃头老爷"。

柳波芙　那时您完全是个孩子，一个可爱的大学生，而现在头发稀了，还戴了眼镜。莫非您还是个大学生？（朝门口走）

特罗菲莫夫　大概我会永远是大学生。

柳波芙　（吻她哥哥，然后吻瓦丽雅）好了，去睡吧……你也老了，列昂尼德。

彼谢克　（跟着她）那么，现在该睡了……哎呀，我这痛风呀。我留在你们这儿……我明天早上，柳波芙·安德烈耶夫娜，我亲爱的……需要二百四十卢布……

加耶夫　这个人总是来这一套。

彼谢克　二百四十卢布……得付抵押借款的利息。

柳波芙　我没有钱，亲爱的。

彼谢克　我会还的，亲爱的……就那么一丁点钱而已……

柳波芙　那，好吧，列昂尼德会给你……你给他吧，列昂尼德。

加耶夫　给他？休想。

柳波芙　有什么办法，给他吧……他需要……他会还的。

柳波芙·安德烈耶夫娜、特罗菲莫夫、彼谢克和菲尔斯下，剩下加耶夫、瓦丽雅和亚沙。

加耶夫　妹妹还是没改掉挥霍的习惯。（对亚沙）你走开，朋友，你身上有股鸡味。

亚沙　（嘲讽地）您，列昂尼德·安德烈伊奇，一点没变。

| 加 耶 夫 | 什么？（对瓦丽雅）他说什么？
| 瓦 丽 雅 | （对亚沙）你母亲从村子里来了，从昨天就待在下房，想见你……
| 亚 沙 | 她真烦人！
| 瓦 丽 雅 | 哎呀，你这个没羞没臊的！
| 亚 沙 | 用得着吗？明天来不行吗？（下）
| 瓦 丽 雅 | 妈妈还是跟过去一样，一点都没变。要是由着她，她会把什么都散光的。
| 加 耶 夫 | 是啊……

停顿。

如果一种病有很多种治法，就说明这个病是没治的。我想啊想，绞尽脑汁，我有很多办法，非常非常多，这就是说，其实一个办法也没有。要是能从谁那儿得到遗产就好了，要么把安妮雅嫁给一个有钱人，或是去雅罗斯拉夫找我姑妈，伯爵夫人，试试运气。姑妈是非常非常有钱的。

| 瓦 丽 雅 | （哭）要是上帝帮忙就好了。
| 加 耶 夫 | 别哭哭啼啼的。姑妈很有钱，可是她不喜欢我们。首先，妹妹嫁给了一个律师，而不是贵族……

安妮雅出现在门口。

她嫁给了一个平民，而且她的行为也不能说很检点。她人很好，善良又可爱，我很爱她，可不管怎么为她辩护，毕竟得承认，她是不够检点，从她最细微的动作中就可以看出这一点。

瓦 丽 雅　（悄声）安妮雅在门口呢。
加 耶 夫　什么？

停顿。

奇怪,我的右眼里进了什么东西……看不清楚了。星期四我在区法庭的时候……

安妮雅上。

瓦 丽 雅　你怎么不睡觉，安妮雅？
安 妮 雅　我睡不着，怎么也睡不着。
加 耶 夫　我的小不点儿。（吻安妮雅的脸和手）我的小娃娃……（含泪地）你不是我的外甥女，你是我的天使，是我的一切。相信我，相信我……
安 妮 雅　我相信你，舅舅。大家都爱你，尊敬你……可是，亲爱的舅舅，你应该沉默，沉默就好。刚才你说我的妈妈、你的妹妹什么了？你干吗要说这个？
加 耶 夫　是，是……（用她的手捂住自己的脸）确实，这很糟糕！我的上帝！上帝，救救我吧！今天我还在柜子前说了一番话……那么蠢！只有说完了，才知道那很蠢。
瓦 丽 雅　是啊，好舅舅，您应该沉默。忍住不说就好了。

安 妮 雅　要是沉默的话，自己也会平静些。

加 耶 夫　我沉默，（吻安妮雅和瓦丽雅的手）沉默。我只说正事。星期四我在区法庭的时候，嗯，见到一伙人，大家聊来聊去，说起好像可以立个票据借一笔钱，用来支付银行的利息。

瓦 丽 雅　要是上帝帮忙就好了！

加 耶 夫　星期二我再进城去谈一谈。（对瓦丽雅）不要哭哭啼啼的。（对安妮雅）你妈妈要找罗巴辛谈谈，他当然不会拒绝她的……你呢，休息一下，去雅罗斯拉夫看望伯爵夫人，你的姑婆。三头并进——这样我们的事就成了。我肯定我们能付得了利息……（把一块水果糖放进嘴里）我用我的名誉担保，随便用什么担保都可以，庄园不会被卖的！（兴奋地）我用我的幸福担保！我向你保证，要是我让庄园被拍卖，你就叫我烂人、可耻的人！我用我的生命担保！

安 妮 雅　（恢复了平静，她很幸福）你真好，舅舅，你真聪明！（拥抱舅舅）现在我放心了，放心了！我很幸福！

| 菲尔斯上。

菲 尔 斯　（责备地）列昂尼德·安德烈伊奇，您真是无法无天啊！什么时候才睡觉？

加 耶 夫　马上，马上。你走吧，菲尔斯。就这样吧，我可以自己脱衣服啊。好了，孩子们，睡吧……（吻安妮雅和瓦丽雅）我是八十年代的人……人们说这个时代不好，但我还是可以说，为了信念，我在生活中吃了不少苦头。农民们喜欢我是有原因的。要了解农民！要知道如何……

安　妮　雅　你又来了，舅舅！

瓦　丽　雅　舅舅，你别说了。

菲　尔　斯　(生气地)列昂尼德·安德烈伊奇！

加　耶　夫　我走，我走……你们去睡吧。撞两次边进中兜！正杆打正球！……（下，菲尔斯以小碎步跟着他下）

安　妮　雅　现在我放心了。我不想去雅罗斯拉夫，也不喜欢姑婆，可我还是安心了。谢谢舅舅。（坐下）

瓦　丽　雅　该睡觉了。我走了。你不在的时候出了件不快的事。你知道，住在旧下房的全都是些老仆人：叶菲米尤什卡、波利亚、叶夫斯基克涅，还有卡尔普。最近他们让一些不三不四的人进去过夜——我也没说什么。可是后来我听到有谣言说，我很吝啬，只给他们豌豆吃。你瞧……这都是叶夫斯基克涅……好呀，我想，既然这样，我想，那你等着吧。我把叶夫斯基克涅叫来……（打呵欠）他来了……我说，叶夫斯基克涅，你怎么这样……你这个蠢货……（看一眼安妮雅）安涅奇卡[1]！……

---

1. 安妮雅的爱称。

> 停顿。

　　　　　　她睡着了！……（拉着安妮雅的手）我们上床去……走吧！……（领着她）我的宝贝儿睡着了！走吧……

> 她们走着。
> 花园外远远地有牧人吹芦笛。
> 特罗菲莫夫走过舞台，看到瓦丽雅和安妮雅，站住。

　　　　　　嘘……她睡着了……睡着了……我们走，亲爱的。
安 妮 雅　（小声地、半睡半醒地）我太累了……一直听见铃铛声……舅舅……亲爱的……妈妈和舅舅都……
瓦 丽 雅　我们走吧，亲爱的，走吧……（领着安妮雅进房间，下）
特罗菲莫夫　（动情地）我的太阳！我的春天！

> 幕落。

第二幕

野外。倾斜的、早已废弃的小教堂；旁边有一口井；一些大石头，看来从前是作墓碑的；一条旧长凳。可以看到通往加耶夫庄园的路。旁边是高耸的、浓绿的杨树，再过去就是樱桃园了。远处有一排电报线杆，在很远的地平线上有朦朦胧胧的大城市的轮廓，只有在天气很晴朗的时候才能看得清楚。太阳马上要落了。夏洛特、亚沙和杜妮亚莎坐在长凳上，叶比霍多夫站在旁边弹吉他，大家全坐着发呆。夏洛特戴着一顶旧的宽檐帽，从肩上摘下猎枪，调整背带的扣环。

夏 洛 特　（沉思地）我没有真正的身份证，不知道自己到底几岁，所以总觉得我还年轻。我还是个小孩子的时候，我的爹妈到各处的集市上表演，他们的表演可好得很。我表演 salto mortale[1] 和各种小节目。等我爹妈死了，一位德国太太收养了我，开始教我读书。挺好。我长大了，然后当了家庭教师。我不知道我是谁，是什么来历……我不知道我的父母是谁，说不定他们都没结婚。（从口袋里掏出个小黄瓜吃）什么都不知道。

---

1. 意大利语，翻跟头。

停顿。

　　　　　　　　真想说说话,可是没人可说……我什么亲人都没有。
叶比霍多夫　（边弹吉他边唱）"喧闹与光亮与我何干,朋友或敌人全不介意……"弹曼陀铃真痛快!
杜妮亚莎　这是吉他,不是曼陀铃。（照镜子,搽粉）
叶比霍多夫　对于陷入情网的疯子来说,这就是曼陀铃……（小声唱）"愿彼此的热爱温暖我心怀……"

亚沙跟着唱。

夏　洛　特　这些人唱得真难听……呸!真像狼嚎。
杜妮亚莎　（对亚沙）不管怎么说,出国真好。
亚　　　沙　是啊,当然了。同意之至。（打呵欠,然后点一支雪茄抽起来）
叶比霍多夫　没错。外国早已万事俱备了。
亚　　　沙　那是。
叶比霍多夫　我是个文明人,读各式各样的好书,可是怎么也找不到方向,不知道我到底想要什么,是活着还是开枪自杀,真的。不过我总随身带着手枪,这不……（亮出手枪）
夏　洛　特　我没事了,走了。（背上猎枪）叶比霍多夫,你这个人很聪明也很可怕,女人们可能会疯狂地爱你!噗噜噜!（走动）这些聪明人全都那么蠢,

	我没个说话的人……我总是孤孤单单，孤孤单单，没有一个亲人……不知道我是谁，为什么活着……（慢慢下）
叶比霍多夫	说实话，不说别的，我得说，说起我呀，命运对我特别狠，就像风暴对一只小船。假使我说得不对，那为什么，比如说，今天早上我醒来一看，我的胸口上趴着个特别大个儿的蜘蛛……这么大（两手比画）。我端起碗想喝点格瓦斯，结果一看呢，上面漂着个极其恶心的东西，大概是蟑螂。

停顿。

您读过巴克尔[1]吗？

停顿。

	我想打扰您一下，阿芙多奇亚·费奥多洛夫娜[2]，就两句话。
杜妮亚莎	说吧。
叶比霍多夫	我想跟您一个人说……（叹气）
杜妮亚莎	（局促）好吧……不过您先把我的斗篷拿来……它在柜子旁边……这会儿有点潮……

---

1. 即亨利·托马斯·巴克尔（1821—1862），英国社会学家。
2. 杜妮亚莎的全名。

叶比霍多夫　好嘞……这就拿来……现在我知道该拿我的手枪怎么办了……（拿起吉他，弹着下）

亚　　沙　二十二个不幸！咱们背地里说一句，这人很蠢。（打呵欠）

杜妮亚莎　上帝保佑，他可别自杀。

停顿。

　　　　　我开始担心了，总是觉得不踏实。我从小就被带到主人家，现在过不惯一般的日子了，这双手白白嫩嫩的，像小姐一样。我变得柔柔弱弱，特别文静、娇气、胆小……我怕得要命，亚沙，要是您骗我，我不知道我的神经会怎么样。

亚　　沙　（吻她）小黄瓜！当然了，每个姑娘都该懂规矩，我最不喜欢姑娘没规矩。

杜妮亚莎　我爱上您了，爱得不得了。您有教养，什么都懂。

停顿。

亚　　沙　（打呵欠）是啊……我看，是这么着：假如一个姑娘爱上了一个人，那她的品行就不好。

停顿。

在清新的空气中抽根雪茄很舒服……(侧耳听)来人了……是主人们……

> 杜妮亚莎突然拥抱他。

您快回去吧,装作刚去河边洗澡回来,从这条路走,免得碰上他们,他们会以为我正跟您约会呢。这我可受不了。

杜 妮 亚 莎 (小声咳嗽)雪茄味熏得我头疼……(下)

> 亚沙没走,在小教堂旁坐着。柳波芙·安德烈耶夫娜、加耶夫和罗巴辛上。

罗 巴 辛 得下决断了——时间不等人。问题很简单。你们同不同意出租土地建别墅?就说一句话:行还是不行?只要一句话!

柳 波 芙 谁在这儿抽讨厌的雪茄呢……(坐下)

加 耶 夫 建了铁路真方便。(坐下)可以进城吃早饭……击球进中兜!我倒想先回家,玩它一局……

柳 波 芙 不着急,有时间玩。

罗 巴 辛 只要一句话!(恳求地)给我个答复!

加 耶 夫 (打呵欠)什么?

柳 波 芙 (看自己的钱包)昨天还有很多钱,今天只剩下很少了。我可怜的瓦丽雅,为了省钱,只能给大家吃奶汤,厨房的老人们只能吃豌豆,可我还那么

		疯狂地挥霍……（扔掉钱包，撒金币）就这样，全撒了……（她很懊恼）
亚	沙	我来，我这就捡回来。（捡金币）
柳波芙		麻烦您了，亚沙。我为什么要进城去吃早饭啊……你们的饭馆，饭馆里的音乐，都那么糟糕，桌布还有一股肥皂味……你为什么喝那么多，列奥尼亚？为什么吃那么多？为什么说那么多？今天在饭馆里你又说了很多，而且都是些没用的，什么七十年代，什么颓废派。你跟谁说这些？跟跑堂的讲颓废派！
罗巴辛		就是。
加耶夫		（挥手）显然，我改不了……（生气地对亚沙）你怎么总在我眼前晃来晃去……
亚	沙	（笑）我听见您的声音就忍不住想笑。
加耶夫		（对妹妹）有我没他，有他没我……
柳波芙		您走吧，亚沙，去吧……
亚	沙	（把钱包交给柳波芙·安德烈耶夫娜）我马上走，（强忍着笑）这就走……（下）
罗巴辛		富翁杰里加诺夫打算买你们的庄园。听说他要亲自参加拍卖会。
柳波芙		您从哪儿听说的？
罗巴辛		城里大家都这么说。
加耶夫		雅罗斯拉夫的姑妈答应寄钱来，可不知道什么时候，会寄多少……
罗巴辛		她要寄多少？十万？二十万？

柳　波　芙　嗯……大概一万五，这也就不错了。

罗　巴　辛　对不起，我从没见过像你们这样轻浮、不会办事还古怪的人。人家用俄语跟你们说，你们的庄园要卖掉了，而你们却好像听不懂。

柳　波　芙　我们能怎么办？难道您能教我们？

罗　巴　辛　我每天都在教你们。我每天都说同样的话。樱桃园和土地都必须租出去盖别墅，现在就要做这件事，要快——眼看就要拍卖了！明白吗！只要下决心盖别墅，你们要多少钱人家就会给多少，你们就得救了。

柳　波　芙　别墅和住别墅的人——这太俗了，对不起。

加　耶　夫　完全同意。

罗　巴　辛　我要么大哭，要么大叫，要么昏倒。我受不了了！你们在折磨我！（对加耶夫）您是个娘儿们！

加　耶　夫　什么？

罗　巴　辛　娘儿们！（想走）

柳　波　芙　（害怕地）别，别走，留下，亲爱的，求求您。也许我们能想出什么办法！

罗　巴　辛　有什么可想的！

柳　波　芙　别走，求求您。和您在一块儿还是挺开心的。

停顿。

我一直在等着什么，好像我们头上的房子要塌了。

加　耶　夫　(沉思地)达布列特进角兜……击球进中兜……

柳　波　芙　我们有很多罪过……

罗　巴　辛　您能有什么罪过……

加　耶　夫　(把一块糖放到嘴里)他们说，我把所有的财产都吃光了……(笑)

柳　波　芙　哦，我的罪过……我总是像疯子一样没有节制地挥霍钱，又嫁给了一个只会欠债的人。我丈夫死在香槟上——他饮酒无度——不幸的是我爱上了另一个人，跟他好上了，恰恰在这个时候——这是第一个惩罚，当头一棒——就在这条河里……我儿子淹死了，我就出国去了，我想一去不回，不再看见这条河……我闭上眼睛，没命地跑，可是他跟着我……不依不饶地，粗鲁地。我在芒通旁边买了座别墅，因为他在那儿病了。三年里我日日夜夜都得不到休息，病人把我折磨得很厉害，我心力交瘁。去年，把别墅卖了抵债，我搬到巴黎，在那儿他骗光了我的钱，抛弃了我，跟别的女人好了，于是我服了毒……真蠢，真羞耻……我忽然想起俄罗斯，想回家乡看我的小女儿……(拭泪)上帝，上帝，发发慈悲，饶恕我的罪过吧！不要再惩罚我了！(从口袋里掏出电报)今天我收到了巴黎的电报……他请求原谅，求我回去……(撕电报)好像哪里在奏乐。(侧耳听)

加　耶　夫　这是我们非常出色的犹太乐队，还记得吗？四把小提琴，一支长笛，一把低音提琴。

柳 波 芙　它还在呢？哪天把它请来，开个晚会。

罗 巴 辛　（侧耳听）我没听见……（小声哼唱）"为了钱德国人把俄国人变成法国人。"（笑）昨天我在剧院看了出戏，好笑极了。

柳 波 芙　也可能没什么可笑的。您最好不要看戏，常看看你们自己吧。你们生活得多乏味，说了多少没用的话啊。

罗 巴 辛　这是实话。应该照直说，我们活得很傻……

| 停顿。

我爹是农民，一个白痴，什么都不懂，也没教过我，只会喝醉了揍我，还总是用棍子。其实我也是一样的笨蛋和白痴。我啥都没学过，字也写得很难看，见不得人，跟猪啃的一样。

柳 波 芙　您应该结婚，我的朋友。

罗 巴 辛　是啊……这话对了。

柳 波 芙　跟我们的瓦丽雅结婚吧。她是个好姑娘。

罗 巴 辛　是啊。

柳 波 芙　我这姑娘是平民出身，很勤劳，主要是，她爱您。您也早就喜欢她。

罗 巴 辛　那倒是，我不反对……她是个好姑娘。

| 停顿。

加 耶 夫　人家给我找了个银行的工作。一年六千……听说了吗？

柳 波 芙　你哪干得了！老实待着吧……

菲尔斯上，他拿来了大衣。

菲 尔 斯　（对加耶夫）老爷，请穿上大衣，天气潮。

加 耶 夫　（穿大衣）你真烦人，老兄。

菲 尔 斯　您真不该……今天早上没说一声就出门了。(打量他)

柳 波 芙　菲尔斯，你可老多了！

菲 尔 斯　您说什么？

罗 巴 辛　她说，你老多了！

菲 尔 斯　我活了好多年头。他们打算给我娶媳妇的时候，还没有您的爹呢……（笑）解放的时候[1]，我已经是仆人的头儿了。那时候我不肯走，要留下伺候老爷……

停顿。

　　　　　我记得那时候大伙儿都很高兴，自己都不知道高兴啥。

罗 巴 辛　过去的日子好。至少人们常常打架。

菲 尔 斯　（没听清）那还用说。本来农民有主人，主人管着农民。现在全乱了，啥都闹不清了。

---

1. 指1861年沙皇颁布农奴解放令。

加　耶　夫　别说了，菲尔斯。明天我得进城，有人答应介绍我认识一位将军，他可以借给我一笔钱，只要立个字据。

罗　巴　辛　根本没用。放心吧，你们连利息都付不出。

柳　波　芙　他胡说，根本没有什么将军。

特罗菲莫夫、安妮雅和瓦丽雅上。

加　耶　夫　我们家的人来了。

安　妮　雅　妈妈在这儿呢。

柳　波　芙　（温柔地）来，来……我亲爱的……（拥抱安妮雅和瓦丽雅）你们俩要是都知道我多爱你们就好了。挨着我坐下，就这样。

他们都坐下。

罗　巴　辛　我们这位永远的大学生总爱和小姐们在一起。

特罗菲莫夫　不关您的事。

罗　巴　辛　他快五十岁了，可还是个大学生。

特罗菲莫夫　快别开您那愚蠢的玩笑了。

罗　巴　辛　怎么，您这怪人生气了？

特罗菲莫夫　您别总缠着我。

罗　巴　辛　（笑）请允许我问问：您对我是怎么看的？

特罗菲莫夫　是这么看的，叶尔莫拉伊·阿列克塞伊奇：您是个富人，很快就会成为百万富翁，您这种人是不可缺少的,就像物质的交换循环需要遇见什么就吃掉什么的猛兽。

众人笑。

瓦丽雅　　别佳,您最好讲讲行星。
柳波芙　　不,我们还是继续昨天的谈话吧。
特罗菲莫夫　关于什么?
加耶夫　　关于值得骄傲的人。
特罗菲莫夫　我们昨天讲了半天,可是没得到一点结果。在您看来,人的身上有某种神秘的、值得骄傲的东西。也许您有自己的道理,但是如果实话实说,不故弄玄虚,那么既然人的体格构造没什么优势,既然多数人是粗鲁的、不聪明的、深深不幸的,那么怎么谈骄傲,骄傲又有什么意义呢?人应该停止自我吹嘘,要工作。
加耶夫　　反正会死的。
特罗菲莫夫　谁知道呢?而且"会死的"是什么意思?也许人有一百种感觉,跟身体一起死去的只是我们知道的五种,其他的九十五种仍然活着。
柳波芙　　你真聪明,别佳!……
罗巴辛　　(嘲讽地)聪明死了!
特罗菲莫夫　人类在前进,在完善自己的力量,一切现在理解不了的东西,终有一天会成为司空见惯、理所当然的。不过现在需要工作,需要全力以赴地帮助那些寻求真理的人。在我们俄罗斯，目前只有很少的人在工作。我所知道的绝大部分知识分子什么都不寻求，什么都不做，暂时还不善于劳动。他们自称知识分子，却以"你"称呼仆人，对农民就像对牲口一样。他们不爱学习，不认真读任何东西，一点事都不做，对科学只是谈论，对艺术也懂得很少。大家都很严肃，大家都一脸正经，大家都只谈重大的问题。整天高谈阔论，同时眼睁睁地看着做工的人吃得猪狗不如，睡觉也没有枕头，一个房间可以睡三四十个人，到处是臭虫，空气污浊潮湿，不成体统……显然，我们所有的高谈阔论都只是为了转移自己和别人的视线。总是谈论托儿所，你们倒是指给我看看，它们在哪里？阅览室又在哪里？它们只是小说里描写的东西，现实中根本没有。现实中只有肮脏、庸俗和亚洲式的愚昧野蛮……我害怕，也不喜欢一本正经的面孔，我害怕严肃的谈话。我们最好保持沉默！

罗巴辛　您知道吗？我早上四点多就起床，从早到晚地工作，嗯，我手里总是有自己的和别人的钱，我能看到周围都是些什么样的人。只要开始做点事，就会知道诚实、正直的人是那么少。有时候我睡不着，就会浮想联翩：上帝啊，你给了我们莽莽的森林、广袤无边的原野和最辽远的地平线，我们生活在这里，自己应该是真正的巨人才对……

柳　波　芙　您要巨人……只有童话里的巨人才是好的，现实中的巨人让人害怕。

| 叶比霍多夫弹着吉他从舞台深处走过。

安　妮　雅　（出神地）叶比霍多夫走过去了……
加　耶　夫　太阳落下去了，诸位。
特罗菲莫夫　是啊。
加　耶　夫　（声音不大，朗诵般地）哦，自然，美妙的自然，你散发着永恒的光芒，你那么美，那么漠然，我们把你称作母亲，你包含着生与死，养育生命又将其毁灭……
瓦　丽　雅　（恳求地）舅舅！
安　妮　雅　舅舅，你又来了！
特罗菲莫夫　你最好"达布列特进中兜"吧。
加　耶　夫　我不说了，不说了。

| 大家都坐在那里发愣。一片寂静。只听到菲尔斯小声地嘟囔。突然从远处传来一个声音，好像从天而降，像琴弦绷断，绵延悲凉，慢慢消散。

柳　波　芙　这是什么声音？
罗　巴　辛　不知道。远处什么地方的矿井上有吊斗掉下去了吧，不过是在很远的地方。
加　耶　夫　也许是什么鸟在叫……鹭鸟一类的。

特罗菲莫夫　也许是猫头鹰……
柳　波　芙　（哆嗦）不知怎么，听起来让人觉得很不舒服。

停顿。

菲　尔　斯　快遭难那会儿也是：夜猫子也嚎，茶炊也一个劲儿地咕咕叫。
加　耶　夫　快遭什么难？
菲　尔　斯　快解放那会儿。

停顿。

柳　波　芙　我说，朋友们，我们走吧，已经傍晚了。（对安妮雅）你的眼里含着眼泪……你怎么了，小姑娘？（拥抱她）
安　妮　雅　没事，妈妈。没事。
特罗菲莫夫　有人来了。

出现了一个戴着破旧白制帽、穿大衣的过路人。他带着点醉意。

过　路　人　请问，我能从这儿直接走到车站吗？
加　耶　夫　可以。顺着这条路走。
过　路　人　感激之至。（咳嗽）天气好极了……（朗诵）我的兄弟，受苦的兄弟……来到伏尔加河，什么人的呻吟……（对瓦丽雅）小姐，请给一个饥饿的俄

　　　　罗斯人三十戈比……

| 瓦丽雅吓了一跳,叫起来。

罗 巴 辛　(生气地)胡闹也要有个分寸!
柳 波 芙　(惊慌地)拿去吧……给您……(在钱包里找)没有银币……管它呢,给您一个金币……
过 路 人　太感谢您了!(下)

| 笑。

瓦 丽 雅　(受惊吓)我走了……我走了……哎呀,好妈妈,家里人没东西吃,您却给他金币!
柳 波 芙　我这人就是这么傻,有什么办法!我回家把一切都交给你。叶尔莫拉伊·阿列克塞伊奇,再借给我点钱吧!……
罗 巴 辛　遵命。
柳 波 芙　各位,走吧,到时候了。这不,瓦丽雅,我们给你定好亲了,祝贺你。
瓦 丽 雅　(含泪地)妈妈,这事不能开玩笑。
罗 巴 辛　奥赫美利亚,进修道院吧……[1]
加 耶 夫　我的手发抖,很久没打台球了。
罗 巴 辛　奥赫美利亚,哦,女神,在你的祈祷中不要忘记

---

[1]《哈姆雷特》的台词,奥赫美利亚应为奥菲丽亚。

为我赎罪！[1]

柳波芙 先生们,我们走吧。很快就该吃晚饭了。

瓦丽雅 他把我吓坏了,我的心怦怦直跳。

罗巴辛 我提醒你们,诸位,二十二号樱桃园就要被拍卖了。想想这件事吧!……想想吧!……

众人下,只有特罗菲莫夫和安妮雅留下。

安妮雅 (笑)还好那过路人把瓦丽雅吓着了,现在我们可以单独在一起了。

特罗菲莫夫 瓦丽雅生怕我们会相爱,就整天跟着我们。她那狭隘的头脑不能理解,我们是超越爱情的。我们的生活目标和意义恰恰在于超越那些妨碍我们成为自由和幸福的人的渺小的、虚幻的东西。前进!我们不可阻挡地向着在远方闪闪发光的明星走去!前进!不要落后,朋友们!

安妮雅 (拍手)您说得太好了!

停顿。

今天这儿真美!

特罗菲莫夫 是啊,天气好极了。

安妮雅 您把我怎么了,别佳,为什么我已经不像过去那

1.《哈姆雷特》的台词,奥赫美利亚应为奥菲丽亚。

么爱樱桃园了？过去我是那么深情地爱它，世界上再也没有比我们的花园更好的地方了。

特罗菲莫夫 整个俄罗斯都是我们的花园。大地辽阔壮丽，有的是美丽的地方。

|停顿。

您想想，安妮雅：您的祖父、曾祖父和您的所有祖先都是农奴主，占有着活生生的人。园子里的每一棵樱桃树，每一片树叶，每一个树干后面，难道不是有人在看着您，难道您听不见他们在说话吗……占有农奴——要知道这让你们所有人，以前活过的和现在活着的人，都堕落了。所以您的母亲、您和您的舅舅都意识不到你们是靠欠债生活，是靠别人生活，靠那些你们不许进正房的人生活……我们至少落后了两百年，我们还完全一无所有，没有对于过去的明确态度，我们只会高谈阔论、怨天怨地，或是喝伏特加。其实很显然，要过现代的生活，先要为过去补过，必须结束过去。而要补过，只能去受苦，要不断进行异常艰苦的劳动才行。安妮雅，你要理解这个。

安 妮 雅 我们住的房子早就不是我们的房子了，我要离开，我向您保证。

特罗菲莫夫 如果您有管家的钥匙，就把它们丢进井里，然后离开。做个像风一样自由的人吧！

安 妮 雅　（兴奋地）您说得真好！

特罗菲莫夫　相信我，安妮雅，相信我！我还不到三十岁，还年轻，还是大学生，但却已经承受了那么多！冬天一来，我总是挨饿、生病、忧愁，穷得像乞丐。命运驱赶我，让我陷入和处于多么痛苦的境地！但我的心灵时时刻刻、日日夜夜，甚至永远充满着难以言传的预感。我预感到幸福，安妮雅，我已经看到它了……

安 妮 雅　（出神地）月亮出来了。

| 可以听到叶比霍多夫还在用吉他弹奏同一首忧郁的曲子。月亮升起来了。瓦丽雅正在杨树林那边儿找安妮雅，叫着："安妮雅，你在哪儿？"

特罗菲莫夫　是啊，月亮出来了。

| 停顿。

这就是它，幸福，它正走来，越来越近，我已经听到它的脚步声了。如果我们看不到也认不出它，那又有什么呢？总会有人看到它的！

| 瓦丽雅的声音："安妮雅，你在哪儿？"

又是这个瓦丽雅！（生气地）真烦人！

安 妮 雅 要不,我们去河边?那儿很美。
特罗菲莫夫 走吧。

他们走去。

瓦丽雅的声音:"安妮雅!安妮雅!"

幕落。

第三幕

　　与大厅以一个拱门分隔的客厅。吊灯点亮着。可以听到第二幕提到的那个犹太乐队在前厅演奏。黄昏。人们在大厅跳grand-rond[1]。传来西梅奥诺夫–彼谢克的声音："Promenade à une paire!"[2]人们从大厅跳到客厅：第一对是彼谢克和夏洛特·伊万诺夫娜，第二对是特罗菲莫夫和柳波芙·安德烈耶夫娜，第三对是安妮雅和邮局职员，第四对是瓦丽雅和车站站长，等等。瓦丽雅在悄悄哭，边跳舞边擦眼泪。杜妮亚莎在最后一对。他们在客厅跳着，彼谢克喊口令："Grand-rond, balancez!"[3]和"Les cavaliers à gevnoux et remerciez vos dames"[4]。

　　身穿燕尾服的菲尔斯用托盘送来赛尔查矿泉水。彼谢克和特罗菲莫夫走进客厅。

彼 谢 克　我患有多血症，已经中风两次了，跳舞也很费劲，可是，正像常言说的，既然落到狗群里，就算不叫，也得摇摇尾巴。

---

1. 法语，大环舞。
2. 法语，"成对缓行！"
3. 法语，"大环，摆动！"
4. 法语，"男士跪谢女士"。

我的身体跟马一样壮。我的先父，他是个很爱逗笑的人，愿他上天堂，他讲过我们家族的来历，说我们西梅奥诺夫－彼谢克这个姓氏古老得很，好像来自被卡里古拉封为元老院参政的那匹马[1]……（坐下）可要命的是：没有钱！挨饿的狗只信肉……（打呼噜，又立刻醒了）我也一样……我只琢磨钱……

特罗菲莫夫　您的身上真有点马性。

彼　谢　克　挺好……马是挺好的牲口……马可以卖……

| 隔壁传来打台球的声音。瓦丽雅出现在大厅的拱门下。

特罗菲莫夫　（调笑）罗巴辛娜太太！罗巴辛娜太太！……

瓦　丽　雅　（生气地）秃头老爷。

特罗菲莫夫　没错，我就是秃头老爷，我为此而骄傲。

瓦　丽　雅　（伤心地出神）还雇了乐队，拿什么付钱呢？（下）

特罗菲莫夫　（对彼谢克）要是您用一辈子弄钱还利息的精力去干点别的，说不定最后您能把地球翻个个儿。

彼　谢　克　尼采……哲学家……最伟大的、最著名的……一个聪明绝顶的人，他好像在著作里说，意思是可以造假钞。

特罗菲莫夫　您读过尼采吗？

彼　谢　克　嗯……是达申卡告诉我的。现在我走投无路，简直想造假钞了……后天要付三百一十卢布……

---

1. 卡里古拉为古罗马暴君，曾封他的马为元老院的参政。

已经搞到了一百三十卢布……（摸口袋，不安地）钱没了！我把钱丢了！（哭腔）钱呢？（高兴地）在这儿呢，在夹层里……我的汗都出来了……

柳波芙·安德烈耶夫娜和夏洛特·伊万诺夫娜上。

柳 波 芙 （哼着列兹金舞曲）列昂尼德怎么这么久还没回来？他在城里干什么呢？（对杜妮亚莎）杜妮亚莎，给乐手们送茶去……
特罗菲莫夫 看起来没拍成。乐手们来得也不是时候，我们也不该想起开舞会……得了，没什么……（坐下，小声哼唱）
夏 洛 特 （给彼谢克一副牌）这是一副牌，您想一张牌。
彼 谢 克 想好了。
夏 洛 特 现在洗牌。很好。给我，哦，我亲爱的彼谢克先生。Ein, zwei, drei!¹ 现在您找找，它在您的侧兜里……
彼 谢 克 （从兜里拿出一张牌）黑桃八，一点不错！（吃惊地）真不得了！
夏 洛 特 （手里展开一副牌，对特罗菲莫夫）快说，最上面的一张牌是什么？
特罗菲莫夫 嗯，好吧，黑桃皇后。
夏 洛 特 好！（对彼谢克）你说呢？最上面的牌是哪张？

---

1. 德语，一，二，三！

彼 谢 克　红桃 A。

夏 洛 特　好！……（拍掌，整副牌消失了）今天的天气真好啊！

| 回答她的是一个神秘的女声，好像来自地板下："哦，真的，天气好极了，女士。"

　　　　您真是我意中的好人……

| 那声音："我，女士，也喜欢您。"

车 站 站 长　（鼓掌）这位女士会腹语！太棒了！

彼 谢 克　（吃惊地）真不得了！迷人之极的夏洛特·伊万诺夫娜……我简直爱上您了……

夏 洛 特　爱上了？（耸肩）您难道会爱？Guter Mensch, aber schlechter Musikant.[1]

特罗菲莫夫　（拍彼谢克的肩膀）您真是一匹马……

夏 洛 特　请注意，还有一个魔术。（从椅子上拿起格子毛毯）这是一条很好的毯子，我想卖了它……（抖动）有人要买吗？

彼 谢 克　（吃惊地）真不得了！

夏 洛 特　Ein, zwei, drei.

| 很快把垂着的毯子提起来，毯子后站着安妮雅，她行了个屈膝礼，跑到母亲跟前拥抱她，然后在众人的欢呼声中跑回大厅。

---

1. 德语，一个好人，但却是个坏音乐家。

柳 波 芙 （鼓掌）太棒了，太棒了！……

夏 洛 特 再来一次！Ein, zwei, drei！（提起毯子，毯子后面站着瓦丽雅，瓦丽雅鞠躬）

彼 谢 克 （吃惊地）真不得了！

夏 洛 特 结束了！（把毛毯抛向彼谢克，行屈膝礼，往大厅跑去）

彼 谢 克 （急忙追她）这个坏女人……真坏！（下）

柳 波 芙 列昂尼德还没回来。他在城里干什么呢？怎么那么长时间？真不明白！那儿的事已经都完了呀！或是把庄园卖了，或是没拍成，怎么那么长时间还没有消息呢？

瓦 丽 雅 （尽力安慰）舅舅会买下来的，我敢肯定。

特罗菲莫夫 （嘲笑地）可不是吗。

瓦 丽 雅 姑婆给他寄来了委托书，委托他参加竞买，把庄园连同债务转移到姑婆的名下。她这么做是为了安妮雅。我相信，上帝会帮忙的，舅舅会买下来的。

柳 波 芙 雅罗斯拉夫的姑婆寄来了一万五千卢布，用来把庄园买到她的名下——她不相信我们——可这点钱连付利息都不够。（双手捂住脸）今天就要决定我的命运，我的命运……

特罗菲莫夫 （逗瓦丽雅）罗巴辛娜太太！

瓦 丽 雅 （生气地）千年大学生！已经被学校开除两次了。

柳 波 芙 你干吗生气呀，瓦丽雅。他拿罗巴辛逗你，那又怎么样？你要愿意就嫁给罗巴辛，他是个好人，

瓦 丽 雅	也很有趣。不想嫁就不要嫁。亲爱的,没人强迫你……
瓦 丽 雅	说实话,我对这事是很郑重的,好妈妈。他是个好人,我挺喜欢的。
柳 波 芙	那就嫁嘛。我不明白还等什么。
瓦 丽 雅	好妈妈,我不能主动向他求婚啊。已经有两年了,大家都跟我说他,他呢,不是不出声就是开玩笑。我明白,他正在发财,生意很忙,顾不上我。我要是有钱,哪怕不多的钱,哪怕一百卢布,我就会抛下一切,走得远远的,最好进修道院。
特罗菲莫夫	妙极了!
瓦 丽 雅	(对特罗菲莫夫)大学生应该通情达理!(用柔和的语气,含泪地)你变得多丑啊,别佳,你老得多厉害啊!(对柳波芙·安德烈耶夫娜,已经不哭了)只不过我闲不住,好妈妈。我每一分钟都得做点什么。

亚沙上。

亚 沙	(好不容易忍住笑)叶比霍多夫把台球杆弄折了……(下)
瓦 丽 雅	叶比霍多夫为什么在这儿?谁允许他打台球了?真搞不懂这些人……(下)
柳 波 芙	别逗她,别佳,你看到了,她本来就很难受。

特罗菲莫夫 她太多事,太爱多管闲事。整整一个夏天,她让我和安妮雅都不得安宁,生怕我们恋爱起来。有她什么事?再说根本没那回事,我是远离俗事的。我们的境界高于爱情!

柳波芙 我呢,我的境界大概是低于爱情。(非常不安)列昂尼德怎么还不回来?我只想知道庄园卖了没有。这灾难太让人难以置信了,我的脑子都不转了,我懵了……我现在只会叫起来……只会做蠢事。救救我,别佳。说点什么吧,说吧……

特罗菲莫夫 庄园卖出去还是没卖出去,还不都一样?它早就完了,回不去了,没有回头路了。亲爱的,平静下来吧,不要欺骗自己。要直面真相,哪怕一次也好。

柳波芙 什么真相?您看得到什么是真,什么是假?我呢,好像瞎了,什么都看不见。您总是很勇敢地对所有重要问题都做出决定,但是亲爱的,您说说,这是不是因为您年轻,还不曾遇到真正让您备受煎熬的问题?您勇敢地朝前看,是不是因为您看不到,也想不到任何可怕的事,因为您那年轻的眼睛还没有把生活看清?你们比我们勇敢、诚实、深刻,但是请好好想想,哪怕稍微对我体恤一点。要知道我是在这里出生的,我的父亲和母亲,还有我的祖父,都在这里生活过。我爱这座房子,没有樱桃园,我就不能把握自己的生活。要是非卖不可,不如把我和庄园一起卖了……（拥抱特罗菲莫夫，吻他的额头）要知道我的儿子是在这儿淹死的……（哭）可怜可怜我，好人，善良的人。

特罗菲莫夫 您知道，我衷心地同情您。

柳波芙 可是应该换种方式，换种方式说这话吧……（掏手绢，一封电报掉到地上）我心里很难受，您没法想象。我觉得这里太闹，只要听到动静，我的心就一哆嗦，还会全身发抖，可是我也不能回房去，一个人简直静得可怕。别指责我，别佳……我爱您，就像亲人一样。我很乐意把安妮雅嫁给您，我对您发誓，只是，亲爱的，您应该学习，得毕业。您什么都不做，只是随波逐流，这多奇怪啊……对不对？是吧？还应该整理整理胡子，让它长出个样儿……（笑）您很可笑！

特罗菲莫夫 （捡起电报）我不想当美男子。

柳波芙 这是从巴黎来的电报，每天都有。昨天、今天都收到了。这个野蛮人又病了，他又病重了……他求我原谅，求我回去，我真该去一趟巴黎，在他身边陪着。别佳，您的脸色很严厉，可是有什么办法呢，我亲爱的，我能怎么办？他病着，孤孤单单、凄凄惨惨的，有谁照顾他呢？谁来阻止他犯错误，谁能让他按时服药呢？而且，为什么要掩盖或者隐瞒，我爱他，这是显而易见的。我爱他，爱他……这是挂在我脖子

～～～～～～上的石头，我正跟他一起往水底沉下去，可是我爱这块石头，没有他我就活不了。（握特罗菲莫夫的手）别往坏处想，别佳，什么也别对我说，别说……

特罗菲莫夫 （含泪地）看在上帝的分儿上，请原谅我的坦率，他可是把您骗光了！

柳　波　芙 不，不，不，不能那么说……（捂住耳朵）

特罗菲莫夫 他是个坏蛋，只有您一个人不知道！他是个卑鄙的坏蛋，简直一钱不值……

柳　波　芙 （生气了，但忍着）您都二十六岁还是二十七岁了，可您才上中学二年级！

特罗菲莫夫 无所谓！

柳　波　芙 您应该做个男人，在您这样的年龄应该能理解那些恋爱的人。您自己也应该去爱……应该恋爱！（生气地）是的，是的！您不是纯洁，您不过是个有洁癖的人，可笑的怪物，丑八怪……

特罗菲莫夫 （吓坏了）她说的什么话啊！

柳　波　芙 "我的境界高于爱情！"您不是高于爱情，而不过是，就像我们的菲尔斯说的，您是个不成器的。到了这样的岁数竟连情人都没有！……

特罗菲莫夫 （恐怖地）这太可怕了！她说了些什么呀？！（抱着脑袋很快走到大厅）这太可怕了……我受不了，我走……（下，但立刻又回来了）咱们之间的一切都完了！（走开，去了前厅）

柳　波　芙 （在他后面喊）别佳，等等！可笑的人，我在开玩笑呢！别佳！

可以听见前厅有人很快地踏着楼梯，突然"乒乒乓乓"地摔了下去。安妮雅和瓦丽雅喊起来，但马上传来了笑声。

怎么回事？

安妮雅跑了进来。

安 妮 雅 （笑）别佳从楼梯上摔下去了！（跑开）
柳 波 芙 这个别佳真是个怪人……

车站站长站在大厅中间，朗读阿·托尔斯泰的《女罪人》。人们听他朗读，但才读了几行，前厅里就传出华尔兹的音乐，朗读中止了。众人跳舞，特罗菲莫夫、安妮雅、瓦丽雅和柳波芙·安德烈耶夫娜从前厅出来。

好了，别佳……好了，纯洁的心灵……我请求您的原谅……我们跳舞去吧……（跟别佳跳舞）

安妮雅和瓦丽雅跳舞。
菲尔斯上，把自己的手杖靠在阳台门的旁边。
亚沙也从客厅进来，看着跳舞的人。

亚　　沙 怎么了，老爷子？

菲　尔　斯　身上难受。从前在我们家的舞会上跳舞的是将军、男爵、海军军官，现在把邮差跟站长接来跳舞，他们还不乐意。越来越没劲了。已故的老爷，我们老太爷，总是用火漆给大伙儿治病，不管啥病都用火漆治。我每天都吃火漆，已经二十年了，也可能不止二十年。说不定就是因为它我才一直活着。

亚　　沙　你让人厌烦了，老爷子。（打呵欠）你要是早点玩儿完倒好了。

菲　尔　斯　嘿，你呀……你这不成器的！（嘟囔）

特罗菲莫夫和柳波芙·安德烈耶夫娜先在大厅后又在客厅跳舞。

柳　波　芙　Merci！[1] 我坐会儿……（坐下）我累了。

安妮雅上。

安　妮　雅　（激动地）刚才厨房里有个人说，樱桃园好像已经被卖掉了。

柳　波　芙　卖给谁了？

安　妮　雅　没说谁。他走了。（和特罗菲莫夫跳舞，两个人跳到大厅的深处）

亚　　沙　那是一个老头子瞎说的。一个外人。

菲　尔　斯　列昂尼德·安德烈伊奇还没回来。他穿的夹大

---

1. 法语，谢谢。

衣¹太薄了，弄不好就着凉了。唉，少不更事啊。

柳 波 芙　我马上就要死了。亚沙，您去问问卖给谁了。

亚　　沙　可他早走了，那个老头子。（笑）

柳 波 芙　（有点气恼）喂，你笑什么？有什么值得高兴的？

亚　　沙　那个叶比霍多夫很可笑。他就是个二百五，"二十二个不幸"。

柳 波 芙　菲尔斯，要是庄园给卖了，你去哪儿呢？

菲 尔 斯　您让我去哪儿我就去哪儿。

柳 波 芙　你的脸色怎么这么难看？你病了吗？还是去睡觉吧……

菲 尔 斯　是啊……（苦笑）我去睡觉，但是没有我，谁来侍奉吃喝，谁来管家？全家就靠我一个人。

亚　　沙　（对柳波芙·安德烈耶夫娜）柳波芙·安德烈耶夫娜！请允许我求您件事，求您行行好！要是您还去巴黎，求您把我也带上吧。这儿我真没法待了。（四下望望，压低声音）不用说，您自己也看见了，这个国家很不开化，老百姓也没有道德，再说也没劲得很，厨房的饭食也很差，还有这个菲尔斯走来走去，叨咕些不沾边儿的话。您行行好，带上我吧！

彼谢克上。

彼 谢 克　请允许我邀请您……跳华尔兹舞，最美丽的女

---

1. 有内衬的外套，类似于风衣。

士……（柳波芙·安德烈耶夫娜跟着他走）迷人的女士，我反正得找您借一百八十卢布……一定要借……（跳舞）一百八十卢布……

| 转到大厅。

亚　　　沙　（小声哼唱）"你是否知道我心中的波澜……"

| 大厅里一个戴灰色高筒帽、穿方格肥腿裤的身影在挥手和蹦跳，传来叫声："太棒了，夏洛特·伊万诺夫娜！"

杜妮亚莎　（停下来扑粉）小姐叫我去跳舞，因为男伴多，女士少，——可是我一跳舞就头晕心跳，菲尔斯·尼古拉伊奇，刚才那个邮差跟我说的话，让我气都喘不上来了。

| 音乐停了。

菲　尔　斯　他跟你说什么了？
杜妮亚莎　他说，您像一朵花儿。
亚　　　沙　（打呵欠）没教养……（下）
杜妮亚莎　像一朵花儿……我是一个文气的姑娘，特别爱听柔情的话。
菲　尔　斯　你走上邪道了。

叶比霍多夫上。

叶比霍多夫 阿芙多奇亚·费奥多洛夫娜，您不愿意看见我……好像我是什么昆虫似的。（叹气）唉，生活啊！

杜妮亚莎 您想干什么？

叶比霍多夫 不用说，也许，您是对的。（叹气）可是，当然，如果从一个观点来看，那么，我姑妄言之，请原谅我的坦率，您完全俘获了我的心。我了解自己的宿命，我身上每天都会发生什么不幸，我早已习惯于此，因而笑对我的命运。您许诺于我，而虽然我……

杜妮亚莎 求求您，以后再说，您先别闹。我正在想事情。（玩弄扇子）

叶比霍多夫 我每天都遇到不幸，而我，我姑妄言之，只是一笑置之，甚至一笑了之。

瓦丽雅自大厅上。

瓦丽雅 你还没走，谢苗？你可真是个无礼的人。（对杜妮亚莎）离开这儿，杜妮亚莎。（对叶比霍多夫）一会儿打台球弄折球杆，一会儿又像客人似的在客厅转悠。

叶比霍多夫 您，我姑妄言之，无权处分我。

瓦丽雅 我不是处分你，是跟你说。你就知道这儿那儿地

	溜达，不干正事。我们雇了个管事，可不知道他到底管了什么事。
叶比霍多夫	（气愤地）我做事也好，溜达也好，吃东西也好，打台球也好，只有明事理的、有头有脸的人才能管。
瓦 丽 雅	你竟敢这么跟我说话！（爆发）你怎么敢这样说话？你的意思是我不明事理？滚出去！立刻滚！
叶比霍多夫	（胆怯了）请您用文雅的方式讲话。
瓦 丽 雅	（情绪失控）马上离开！滚！

他朝门走，她跟在后面。

> 二十二个不幸！你不许到这儿来！别再让我看见你！

叶比霍多夫下，从门后传来他的声音："我要投诉您。"

> 怎么，你又回来了？（抓起菲尔斯立在门边的手杖）你来……来……来，我要给你点颜色瞧瞧……怎么，你来吗？来吗？我把你……（抡起手杖）

这时候罗巴辛上。

罗 巴 辛	万分感谢。
瓦 丽 雅	（又可气又可笑）对不住了！

罗 巴 辛　没关系的。非常感谢您的盛情招待。

瓦 丽 雅　不用谢。（走开，然后回过头，柔和地）我没碰疼您吧？

罗 巴 辛　没有，没事。不过会起个大包。

大厅里传来说话声："罗巴辛来了！叶尔莫拉伊·阿列克塞伊奇！"

彼 谢 克　真是幸会……（和罗巴辛亲吻）你有点白兰地的味道，我心爱的，我的宝贝。我们这儿也在玩乐呢。

柳波芙·安德烈耶夫娜上。

柳 波 芙　是您吗，叶尔莫拉伊·阿列克塞伊奇？为什么您这么晚才来？列昂尼德呢？

罗 巴 辛　列昂尼德·安德烈伊奇跟我一起来的，他这就到……

柳 波 芙　（紧张地）怎么样？拍卖了吗？说话呀！

罗 巴 辛　（窘迫地，担心流露自己的欢喜）拍卖结束时快四点了……我们没赶上火车，只好等到九点半。（重重地叹了口气）嗯！我有点头晕……

加耶夫上；他右手拿着买的东西，左手在拭泪。

柳 波 芙　列奥尼亚，怎么了？列奥尼亚，说话呀！（迫不及待地、含泪地）快点说，看在上帝的分儿上……

加 耶 夫 （不回答她一个字，只是挥挥手，哭着对菲尔斯）这些拿去……这是欧洲鳀鱼、刻赤鲱鱼……今天我什么都没吃……我难受死了！

| 通往台球室的门开着，可以听到击球声和亚沙的声音："七比十八！"加耶夫的表情变了，他已经不哭了。

我累极了。菲尔斯，给我换衣服。（穿过大厅去自己的房间，菲尔斯跟着他）
彼 谢 克 拍卖的情况怎么样？快说说！
柳 波 芙 樱桃园卖了吗？
罗 巴 辛 卖了。
柳 波 芙 谁买了？
罗 巴 辛 我买了。

| 停顿。
柳波芙·安德烈耶夫娜深受刺激，要不是站在软椅和桌子旁，她就摔倒了。瓦丽雅从腰上解下钥匙，扔到客厅当中的地上，下。

我买了！等等，先生们，对不起，我脑子里糊里糊涂的，说不了话……（笑）我们来到拍卖会，杰里加诺夫已经在那儿了。列昂尼德·安德烈伊奇只有一万五千卢布，而杰里加诺夫一下子就叫到抵除债务后再加三万。看见这阵势，我就跟他较上劲了，叫了四万，他出四万五，我出五万五。他是五千五千地加,我是一万一万地加……结果,到最后,抵除债务后我出了九万,就归我了。现在樱桃园是我的了!我的!(大笑)我的上帝,天哪,樱桃园是我的!请告诉我,我喝醉了,发疯了,这一切都是我的幻想……(跺脚)别笑我!但愿我的父亲和爷爷能从棺材里出来,看看今天发生的一切:他们的叶尔莫拉伊,这个整天挨揍的、大字不识几个、冬天光着脚到处跑的叶尔莫拉伊,正是这个叶尔莫拉伊买下了这个世界上最美的庄园。我买下了父亲和祖父当过奴隶的庄园,当年他们可是连厨房都不能进。我是在做梦,我只是梦见了这回事,这只是错觉……这是你们想象的结果,是昏暗中的幻影……(捡起钥匙,温情地微笑着)她把钥匙扔了,想表示她已经不是这儿的女主人了……(把钥匙弄得叮当响)得,无所谓。

| 传来乐队的调音声。

嘿,乐手们,演奏吧,我想听你们演奏,大家都来吧,看看叶尔莫拉伊·罗巴辛用斧头砍伐樱桃园,一棵棵樱桃树倒在地上!我们要建起别墅,我们的子子孙孙将在这里看到新的生活……音乐,奏起来!

乐起，柳波芙·安德烈耶夫娜倒在椅子上痛哭。

　　　　　　（责备地）您为什么，为什么不听我的？我可怜的好人，现在无法挽回了。（含泪地）哦，这一切快点过去吧，我们这种不体面的、不幸的生活好歹快点改变了吧。

彼谢克　（挽起他的胳膊，压低声音）她在哭。咱们去大厅吧，让她静一静……走吧……（挽着他的胳膊，带着他去大厅）

罗巴辛　怎么回事？把音乐奏响！一切都要按照我的意愿来！（嘲讽地）新的地主，樱桃园的所有者驾到！（不小心撞到小桌子，差点碰翻枝形烛台）我什么都买得起！（和彼谢克下）

除了柳波芙·安德烈耶夫娜，大厅和客厅里再没有一个人。她坐在那儿，蜷缩成一团，痛哭着。音乐轻轻地奏着。安妮雅和特罗菲莫夫很快地进来。安妮雅走到母亲跟前，跪下。特罗菲莫夫停在大厅门口。

安妮雅　妈妈！……妈妈，你在哭吗？亲爱的、善良的妈妈，我的好妈妈，我最美的妈妈，我爱你……我赞美你。樱桃园卖掉了，它已经不在了，这是真的，真的，可是不要哭，妈妈，你的生活还在前面，你还有美好的、纯洁的心灵……跟我来，跟我来，亲爱的，离开这儿，我们走！……我们会栽种一个新的花园，比这个更繁茂，你会看到它的，你会想明白的，到那个时候，宁静的、深深的快乐就会降临到你的心中，就像傍晚时分的太阳，那时你就会微笑的，妈妈！咱们走吧，亲爱的！走吧！……

| 幕落。

第四幕

　　布景同第一幕。窗户上没有窗帘，墙上也没有画，只剩下不多的家具堆在角落里，好像在准备出售。感觉很空旷。在房子门口和舞台深处堆放着一些箱子、行囊之类。左边的门开着，从那里传来瓦丽雅和安妮雅的声音。罗巴辛站在那儿等着。亚沙端着托盘，托盘里是盛着香槟的酒杯。叶比霍多夫在前厅捆箱子。后台深处有嗡嗡的说话声，这是农民们来告别。

　　加耶夫的声音："谢谢，兄弟们，谢谢你们。"

亚　　沙　老百姓们来告别了。我的意见，叶尔莫拉伊·阿列克塞伊奇，老百姓心是好的，可是脑子不灵。

|嗡嗡声小了。柳波芙·安德烈耶夫娜和加耶夫穿过前厅上。她没有哭，但是脸色苍白，脸在发抖，说不出话。

加　耶　夫　你把自己的钱包给了他们，柳芭，不能这样！不能这样！
柳　波　芙　我忍不住！我忍不住！

|两人下。

罗　巴　辛　（跟着他们进门）请吧，恳求你们！喝一杯告别酒。

> 我没想到要从城里带酒,只在车站找到了一瓶。请吧!

停顿。

> 来吧,两位!不愿意?(离开门口)早知道就不买了。得了,我也不喝了。

亚沙小心地把托盘放到椅子上。

> 亚沙,你喝一杯好了。

亚　　沙　祝出门的一路顺风!祝留下的万事如意!(喝酒)这不是真正的香槟,我跟您保证。

罗巴辛　八卢布一瓶。

停顿。

> 这儿冷得很。

亚　　沙　今天没生火,反正我们要走了。(笑)

罗巴辛　你怎么了?

亚　　沙　我高兴啊。

罗巴辛　现在是十月,可还是风和日丽,像夏天一样。这正是盖房子的好天气。(看看表,看看门)先生们,注意,离火车开车只剩下四十六分钟了!也就是说,二十分钟后就要去车站了。快点吧。

特罗菲莫夫穿着大衣从院子上。

特罗菲莫夫 我觉得该走了。马车已经来了。鬼知道我的套鞋到哪儿去了,不见了。(朝门里)安妮雅,我的套鞋没了!没找到!

罗 巴 辛 我要去哈尔科夫,跟你们坐同一趟火车。我要在哈尔科夫过冬。我一直跟你们混在一起,也不做事,闲得难受了。我不做事就受不了,不知道拿我的两只手怎么办,晃来晃去,怪怪的,好像不是自己的。

特罗菲莫夫 我们这就要走了,您又可以做您那有益的劳动了。

罗 巴 辛 喝一小杯。

特罗菲莫夫 我不喝。

罗 巴 辛 那么,现在你要去莫斯科?

特罗菲莫夫 是的,先把他们送进城,明天去莫斯科。

罗 巴 辛 是啊……可不是吗,教授们一直不开课,也许正等着你大驾光临呢!

特罗菲莫夫 不关你的事。

罗 巴 辛 你上大学多少年了?

特罗菲莫夫 你想点新鲜的吧。这一套老生常谈真没劲。(找套鞋)你知道,我们大概再也不会见面了,所以请允许我给你一条临别建议:别挥手!改掉这个颐指气使的姿势。还有,你要建别墅,计划让租别墅的人变成独立经营的业主,这些筹划也属于颐指气使……不过,不管怎么说,我挺喜欢你的。

	你有又细又软的手指，就像演员一样，你有敏感柔和的心……
罗 巴 辛	（拥抱他）别了，亲爱的。谢谢你所有的好意。如果需要，从我这儿拿些钱路上用。
特罗菲莫夫	我干吗要钱？不需要。
罗 巴 辛	可您没钱呀！
特罗菲莫夫	有。感谢您。我得到了翻译费。这不，在口袋里。（不安地）可我的套鞋没了！
瓦 丽 雅	（从另一个房间）把您的破烂儿拿去！（扔到台上一双破烂的橡胶套鞋）
特罗菲莫夫	您为什么生气，瓦丽雅？嗯……可这不是我的套鞋！
罗 巴 辛	春天里我种了一千亩罂粟，现在净赚了四万卢布。我的罂粟开花的时候，那景象真美！就这样，告诉你，我挣了四万卢布，所以我说要借钱给你，因为我有。何必那么傲气呢？我只不过……是个农民。
特罗菲莫夫	你的父亲是农民，我的父亲是药剂师，可是这绝对说明不了任何问题。

罗巴辛掏出钞票。

> 行了，行了……哪怕给我二十万，我也不要。我是自由人。你们所有人，富人和穷人都崇拜、看重的一切对我来说没有一点影响，就像飘在空中

的羽毛。我没有你们也过得了，我可以从你们身边扬长而去，因为我有力量，我很骄傲。人类正走向这世界上最高的真理和幸福，而我站在人类的前列！

罗 巴 辛　你走得到吗？
特罗菲莫夫　走得到。

| 停顿。

　　　　我会走到，或将给别人指出抵达的道路。

| 远处传来用斧子砍树的声音。

罗 巴 辛　好了，就此别过吧，亲爱的。该走了。我们总是争强好胜，而生命只管匆匆地过去。当我长时间不知疲倦地工作，我的思想就轻松些，好像也知道为什么活着。而在俄罗斯，老弟，有多少人不知道为什么活着。不过没关系，无关大局。听说，列昂尼德·安德烈伊奇找了份工作，好像在银行，一年六千卢布……但做不下去的，他懒得很……
安 妮 雅　（在门后）妈妈请求您，她走之前别砍园子。
特罗菲莫夫　真的，就不能讲点礼数吗……（穿过前厅下）
罗 巴 辛　马上，马上停……这些人，真是的。（跟着他下）
安 妮 雅　菲尔斯送医院了吗？

亚　　沙　早上我跟叶果尔说过了。应该送了。

安 妮 雅　（对从大厅走过的叶比霍多夫）谢苗·潘杰烈伊奇，请您去问一下有没有把菲尔斯送医院。

亚　　沙　（气愤地）早上我跟叶果尔说过了，用得着三番五次地问吗！

叶比霍多夫　据我的最终意见，长寿的菲尔斯已无法修理，他该去见阎王才对。我只能羡慕他。（把箱子放在盛帽子的盒子上，盒子被压坏了）嘿，瞧瞧，当然。我就知道。（下）

亚　　沙　（嘲笑地）二十二个不幸……

瓦 丽 雅　（在门后）菲尔斯送医院了吗？

安 妮 雅　送了。

瓦 丽 雅　给医生的信为什么没拿？

安 妮 雅　那应该补寄过去……（下）

瓦 丽 雅　（从隔壁的房间）亚沙在哪儿？跟他说，他母亲来了，想跟他告别。

亚　　沙　（挥手）真烦人。

杜妮亚莎一直在忙着收拾行李，现在只剩下亚沙一个人，她走到他跟前。

杜 妮 亚 莎　您看我一眼也好啊，亚沙。您要走了……抛下我……（哭泣，扑过来抱他的脖子）

亚　　沙　哭什么？（喝香槟）六天以后我就在巴黎了。明天我们会坐上特快列车，一下子就不见了。这简直让人不敢相信。为福，拉，法兰西！[1]……这里不合我的胃口，我住不惯……没办法。我看够了粗鲁的样子……我受够了。（喝香槟）哭什么？您要是行为得体，就不会哭。

杜妮亚莎　（照着镜子搽粉）从巴黎写信来吧。要知道我爱您，亚沙，那么爱您！我是个柔弱的女人，亚沙！

亚　　沙　有人来了。（小声哼唱着，在箱子旁忙活）

柳波芙·安德烈耶夫娜、加耶夫、安妮雅和夏洛特·伊万诺夫娜上。

加　耶　夫　咱们该走了。时间不多了。（看着亚沙）谁的身上有鲱鱼味！

柳　波　芙　咱们十分钟后就上车……（环顾房间）别了，亲爱的房子，我的老爷爷。等冬天过去，春天到来的时候，你就不复存在了，他们会把你拆毁。这些墙见证过多少事！（热烈地吻女儿）我的宝贝儿，你容光焕发，你的眼睛像钻石一样闪闪发亮。你满意吗？很满意吗？

安　妮　雅　很满意！新生活开始了，妈妈！

加　耶　夫　（开心地）确实，现在一切都好了。卖樱桃园前我们着急、痛苦，后来，当问题彻底解决了、不可更改了，大家就全都平静下来，甚至开心起来了……我成了银行职员，现在是金融家……击球

---

1. 模仿法语"Vive la France！"（法兰西万岁！）。

进中兜……你呢,柳芭,不管怎么说,气色好些了,这是毫无疑问的。

柳波芙　是的,我的神经好些了,确实如此。

仆人把帽子和大衣递给她。

我睡得不错。把我的东西搬出去,亚沙。该走了。(对安妮雅)我的小姑娘,我们很快就会见面的……我去巴黎,用你雅罗斯拉夫的姑婆寄来买庄园的钱生活——姑婆万岁!——不过这些钱也花不了多久。

安妮雅　妈妈,你很快就会回来的,很快……是不是?我会好好准备考试,考取女子学校,毕业后我要工作,我会帮助你。妈妈,我们会一起读各种各样的书……是不是?(吻母亲的双手)我们会在秋天的晚上读书,我们会读很多书,我们面前会展现出一个全新的、奇妙的世界……(憧憬)妈妈,你一定要来……

柳波芙　我会来的,我的宝贝。(拥抱女儿)

罗巴辛上。夏洛特小声哼着歌。

加耶夫　幸福的夏洛特:她在唱歌呢。

夏洛特　(抱起一个包袱,那包袱好像一个包着婴儿的襁褓)我的孩子,哦,哦……

传来婴儿的哭声："哇，哇！……"

别哭，我的好孩子，我亲爱的小男孩。

"哇！……哇！……"

我多么心疼你！（把包袱扔到座位上）那么请您给我找个工作吧。我没辙了。

罗 巴 辛　会找到的，夏洛特·伊万诺夫娜，放心吧。
加 耶 夫　大家都抛弃我们了。瓦丽雅也要走了……我们忽然成了不被需要的人。
夏 洛 特　我在城里没地方住，只能走了……（哼唱）无所谓……

彼谢克上。

罗 巴 辛　这个大自然的奇迹！……
彼 谢 克　（气喘吁吁）哎呀，让我喘口气……我累死了……我最尊敬的各位……给我点水……
加 耶 夫　莫非要借钱？鄙人实难从命，我告退了……（下）
彼 谢 克　有阵子没来看您了……最美丽的女士……（对罗巴辛）你在这儿……看见你真高兴……聪明绝顶的人……拿着……拿去……（给罗巴辛钱）四百卢布……我还欠你八百四十卢布……
罗 巴 辛　（吃惊地耸耸肩）跟做梦一样……你哪儿来的钱？

彼谢克　等一下……真热……真是奇事。几个英国人来到我的庄园，在地里找到了什么高岭土……（对柳波芙·安德烈耶夫娜）也还您四百……最美丽的女士……出众的女士……（给钱）剩下的随后再还。（喝水）刚才火车上一个年轻人讲，好像一个……伟大的哲学家鼓动人们从房顶上跳下去……"跳吧！"他说，这就是全部的任务。（吃惊地）真不得了！水！……

罗巴辛　那些英国人是干什么的？

彼谢克　我把有高岭土的土地租给他们二十四年……现在，对不起，我没工夫……得接着跑……去找兹诺伊科夫……卡尔达莫洛夫……我欠所有人的钱……（唱歌）祝您健康……我星期四再来……

柳波芙　我们这就要去城里，明天我就去国外了。

彼谢克　怎么？（不安地）怎么要去城里？刚才我看见家具……箱子……得，好吧。（含泪地）挺好的……聪明绝顶的人们……这些英国人……没什么……祝你们幸福……上帝会帮助你们……挺好的……世上万事都有终结……（吻柳波芙·安德烈耶夫娜的手）当您听说我到了终点，请回忆起这……这匹马，您就说："世上曾有那么一位，如此这般的……西梅奥诺夫－彼谢克……愿他上天堂。"……天气好极了……是啊……（非常难为情地下，但马上回来，在门口说）达申卡向您问好！（下）

柳波芙　现在可以走了。但我还有两件事不放心。第一是生病的菲尔斯，(看表)还可以待五分钟……

安妮雅　菲尔斯已经送医院了。亚沙早上送去的。

柳波芙　另一个让我难过的是瓦丽雅。她习惯了早早起来做事，现在没活可干，她就像鱼离了水。可怜的人，她瘦了，脸色苍白了，总是哭……

停顿。

　　　　叶尔莫拉伊·阿列克塞伊奇，您很清楚，我想……把她嫁给您，从各种迹象来看，您是要结婚的。(对安妮雅耳语，安妮雅对夏洛特点头示意，两人下) 她爱您，您对她也很中意，我不明白，就是不明白，为什么你们好像互相躲着似的。我真不明白！

罗巴辛　我承认，我自己也不明白。这一切都很奇怪……要是还有时间，那我哪怕现在也可以……我们一下子把事情定下来就完了。如果您不在，我觉得，我永远都不会求婚的。

柳波芙　好极了。只需要一分钟就成。我马上把她叫来……

罗巴辛　正好有香槟。(看看酒杯) 空了。谁给喝了？

亚沙咳嗽。

　　　　还喝了个精光……

柳 波 芙 （期待地）好极了。我们出去吧……亚沙，allez[1]！我这就叫她……（向门外）瓦丽雅，什么都别弄了，到这儿来。快来！（和亚沙下）

罗 巴 辛 （看看表）是啊……

停顿。

门后传来压抑的笑声、嘀咕声，最后瓦丽雅上。

瓦 丽 雅 （久久地查看东西）奇怪，怎么也找不到……

罗 巴 辛 您找什么？

瓦 丽 雅 我自己放的，却想不起来了。

停顿。

罗 巴 辛 现在您去哪儿，瓦尔瓦拉·米哈伊洛夫娜？

瓦 丽 雅 我？去拉库林家……之前说好了去他们家管事……当女管家。

罗 巴 辛 是在雅什涅沃吗？离这儿七十多里。

停顿。

在这所房子里的生活就这么结束了……

瓦 丽 雅 （查看东西）在哪儿呢……或者，可能，我放在小箱子里了……是啊，在这所房子里的生活结束

---

[1]. 法语，去吧。

了……再也回不来了……

罗 巴 辛　我这就去哈尔科夫……就坐这趟车，事情很多。我把叶比霍多夫留在家里，……我雇了他。

瓦 丽 雅　挺好的。

罗 巴 辛　您记得吗？去年这个时候已经下雪了，可现在还是风和日丽的。就是冷……零下三度。

瓦 丽 雅　我没看温度计。

停顿。

　　　　　再说我们的温度计也被打碎了。

停顿。

院子里有人朝门里喊："叶尔莫拉伊·阿列克塞伊奇！……"

罗 巴 辛　（好像早就等着这一声）来了！（很快下）

瓦丽雅坐在地上，头搁在衣服包袱上，小声地痛哭。门开了，柳波芙·安德烈耶夫娜上。

柳 波 芙　怎么样？

停顿。

　　　　　该走了。

瓦　丽　雅　（已经不哭了，擦干眼泪）是啊，该走了，亲爱的妈妈。今天我得赶到拉库林家，可千万别误了火车……

柳　波　芙　（向门里）安妮雅，穿衣服吧！

|安妮雅上，加耶夫、夏洛特·伊万诺夫娜随后上。加耶夫穿着带风帽的厚大衣。仆人、车夫等聚过来。叶比霍多夫在东西旁忙活。

安　妮　雅　（快乐地）出发！

加　耶　夫　我的朋友们，我亲爱的亲人们！在永别这座房子的时刻，我岂能沉默，岂能抑制住不抒发充斥我胸臆的离别之情！

安　妮　雅　（恳求地）舅舅！

瓦　丽　雅　舅舅，不要！

加　耶　夫　（蔫了）达布列特进中兜……我不说了……

|特罗菲莫夫上，随后罗巴辛上。

特罗菲莫夫　好了，诸位，该走了！

罗　巴　辛　叶比霍多夫，我的大衣！

柳　波　芙　我再坐一分钟。好像过去我从来没注意过这房子的墙和天花板是什么样的，现在却怎么看也看不够，心里满怀着柔情……

加　耶　夫　我记得六岁那年，三一主日¹那天，我就坐在这个

---

1. 东正教的一个节日，在五月。

　　　　　　窗台上看着父亲去教堂……
柳　波　芙　所有东西都带上了？
罗　巴　辛　好像都带上了。(边穿大衣边对叶比霍多夫)叶比霍多夫，你多留心，要把一切都照看得好好的。
叶比霍多夫　(哑着嗓子)放心吧，叶尔莫拉伊·阿列克塞伊奇！
罗　巴　辛　你的嗓子怎么了？
叶比霍多夫　刚才喝水的时候把什么东西吞进去了。
亚　　　沙　(鄙视地)没教养……
柳　波　芙　我们走了，这儿就一个人都没有了……
罗　巴　辛　直到春天。
瓦　丽　雅　(从包袱里抄起一把伞，像要抡起来)

罗巴辛做惊吓状。

　　　　　　得了，没事……我根本没想怎么样。
特罗菲莫夫　各位，我们上马车吧……已经到时候了！火车就要来了！
瓦　丽　雅　别佳，这不，您的套鞋，在箱子旁边。(含泪地)您的套鞋多脏、多旧啊……
特罗菲莫夫　(穿套鞋)走吧，诸位！……
加　耶　夫　(很难为情，唯恐哭出来)火车……车站……打进中兜，白球达布列特进角兜……
柳　波　芙　走吧！
罗　巴　辛　都在这儿吧？没人了吧？(锁左边的侧门)东西都堆在这儿，得把门锁上。走吧！……

安 妮 雅　别了,房子!别了,旧生活!
特罗菲莫夫　你好,新生活!……(和安妮雅下)

> 瓦丽雅环视房间,慢慢地下。亚沙和牵狗的夏洛特下。

罗 巴 辛　那么,春天见。出去吧,诸位……再见!……
　　　　　(下)

> 剩下柳波芙·安德烈耶夫娜和加耶夫两个人。他们好像专门等着这个时刻,扑向对方,抱头痛哭,但是尽力压低声音,怕别人听见。

加 耶 夫　(绝望地)我的妹妹,我的妹妹……
柳 波 芙　哦,我亲爱的,我温馨的、美好的花园!……
　　　　　我的生命,我的青春,我的幸福,别了!……
　　　　　别了!……

> 传来安妮雅的喊声(快乐地、召唤地):"妈妈!……"
> 特罗菲莫夫的喊声(快乐地、兴奋地):"啊呜!……"

　　　　　再看一眼这些墙、这些窗户……去世的母亲喜欢
　　　　　在这个房间里走来走去……
加 耶 夫　我的妹妹,我的妹妹!

> 安妮雅的喊声:"妈妈!……"
> 特罗菲莫夫的喊声:"啊呜!……"

柳　波　芙　我们来了……

|两人下。
舞台空了。可以听到有人用钥匙把所有的门都锁上了,然后马车走了。一片寂静。寂静中传来了斧子砍树的沉闷声响,单调而忧郁。
传来了脚步声。菲尔斯出现在右侧的门口。他像往常一样穿着正装的外衣和白背心,脚穿一双便鞋。
他带着病容。

菲　尔　斯　(走到门前,转门把手)锁上了。他们走了……(坐到长沙发上)他们把我忘了……没事……我在这儿坐会儿……列昂尼德·安德烈伊奇一定没穿裘皮大衣,只穿着呢子大衣就走了……(忧心忡忡地叹气)我就一下没盯住……年轻啊,不知道厉害!(嘟囔一些听不懂的话)一辈子过去了,就像没活过一样……(躺下)我躺会儿……你没力气了,一点都没有了,没有了……嗨,你呀……不成器的!……(一动不动地躺着)

|远处传来一个声音,好像琴弦断了,那声音从天而降,忧伤地绵延,渐弱,最终消失,只剩下远处花园里砍树的声音。

|幕落。

В человеке должно быть всё прекрасно:
и лицо, и одежда, и душа, и мысли.

—— Антон Павлович Чехов

人的一切都应该漂亮：面貌、衣裳、心灵和思想。
——安东·巴甫洛维奇·契诃夫

安东·巴甫洛维奇·契诃夫年表

1860 年 1 月 29 日 （俄历一月十七日）出生

契诃夫出生于俄国南部的塔甘罗格市。

祖父曾为农奴，在废除农奴制前从地主手里赎回了自己和家人。父亲是一个开杂货铺的小商人，经济拮据，一家人艰难度日。

契诃夫有四个兄弟和一个妹妹。其中哥哥尼古拉是一位画家，妹妹玛莎一直照顾契诃夫的生活，后担任雅尔塔契诃夫纪念馆的馆长，终身收集、整理契诃夫的文稿。

▲ 契诃夫出生的房子，现为契诃夫博物馆

1868—1879年　8—19岁

契诃夫在故乡的学校读书，十三岁时第一次接触了戏剧，十五岁时和家人、同学一起组建了一个小型的业余剧团。

在此期间，父亲破产，家人迁往莫斯科，契诃夫和一个弟弟留在故乡，直到中学毕业。

1879年　19岁

契诃夫考入莫斯科大学医学系。

1880年　20岁

为了生计，契诃夫在幽默杂志《蜻蜓》上发表了处女作《致有学问的邻居的信》。此后，他开始以安东沙·契洪特等笔名在多家幽默刊物发表作品，其中发表作品最集中的是《花絮》杂志。

▲《蜻蜓》杂志，第10期，《致有学问的邻居的信》

1884年　24岁

契诃夫从莫斯科大学医学系毕业，取得行医资格。同年，他有了咳血的症状。

1885年　25岁

契诃夫结识了《新时报》总编 A.C. 苏沃林。苏沃林是契诃夫生命中一位很重要的朋友，《新时报》发表了契诃夫很多重要的作品，是他的"第一道光芒"。

在这段时间里（1880–1885），契诃夫仅仅为了稿费进行着半机械化的写作，不仅不觉得自己有才华，甚至还有些鄙夷自己的工作。

1886年　26岁

契诃夫以笔名出版了自己的第一部小说集《形形色色的故事》。这一年三月，契诃夫收到老作家格里戈罗维奇的一封信，信中对他的才华大加赞赏，同时希望他以更郑重的态度对待创作。这件事对契诃夫的影响很大，他在回信中写道，"您的信如雷电般击中了我"，此后其创作由幽默文学转向严肃文学。

> 尊敬的安东·巴甫洛维奇：
>
> ……他们和我一样，丝毫不怀疑您的才华——一种能够使您列入俄罗斯新一代最杰出的作家之列的才华……如此种种，都让我确信，您应该创作出更多佳作，创作出真正的艺术作品……尊重自己身上那份难得的天赋。别再赶工写作。

▲《契诃夫的一生》，人民文学出版社，2009年，[法]伊莱娜·内米洛夫斯基著，陈剑译，第66—67页。

*1887*年　*27*岁

出版小说集《在黄昏》《无伤大雅的话语》。

*1888*年　*28*岁

出版小说集《故事集》。这一年,小说集《在黄昏》获得俄罗斯科学院普希金奖,这使他在那个时代的文学界拥有了举足轻重的地位。

独幕剧《熊》《天鹅之歌》《求婚》在科尔切剧院首演成功。

▲《在黄昏》,圣彼得堡,1887 年

*1889*年　*29*岁

发表《没意思的故事》。这是契诃夫创作中期分量很重的一个作品,其题材、主题和风格已经显现出鲜明的契诃夫特色。

修改后的四幕正剧《伊凡诺夫》在亚历山大剧院首演,大获成功。

*1890*年　*30*岁

出版小说集《阴郁的人们》。

这一年的三月,契诃夫结识了丽

卡·米齐诺娃，这是一位在契诃夫生活中留下重要印记的女性，通常被认为是《海鸥》女主人公妮娜的原型。

同在这一年，哥哥尼古拉因肺结核病去世，对契诃夫造成了不小的打击。尼古拉去世后，契诃夫固执地前往萨哈林岛，完成了带有社会考察目的的萨哈林岛之行（萨哈林岛是沙俄时代的流放地）。

契诃夫于四月离开莫斯科，经过两个多月跨越西伯利亚的行程，于七月到达萨哈林岛。在岛上的考察持续了三个月，他于十月离岛，返程取道海路，于十二月回到莫斯科。

与这次海上航行的见闻和印象有直接关联的小说《古谢夫》于同年十二月发表于《新时报》。这次艰苦而漫长的旅行对契诃夫的身体造成了不小的损耗。

▲ 米齐诺娃

▲ 哥哥尼古拉为契诃夫画的画像

1891年　31岁

契诃夫与苏沃林一起进行了第一次欧洲之行,在奥地利、意大利和法国游历,走访了维也纳、威尼斯、佛罗伦萨、罗马、那不勒斯和巴黎。此前他从未离开过俄国。

> *夜晚,若不是习惯了这里,真可以这样死去……泛着轻舟……空气温柔宁静,星光满天……一个贫穷、羞怯的俄罗斯人,在这样一个美丽、富饶而自由的世界,真的太容易意乱神迷。*

▲《契诃夫的一生》,人民文学出版社,2009年,[法]伊莱娜·内米洛夫斯基著,陈剑译,第101页。

1892年　32岁

一月,契诃夫发表了《跳来跳去的女人》。契诃夫的好友,画家列维坦认为小说内容对他有所影射,因此一度与契诃夫中断来往。

三月,契诃夫携全家从莫斯科迁往美里霍沃庄园居住。这是作家耗尽所有钱财购买的一处房产,他很高兴,因为再也不用交房租了。

十一月,发表中篇小说《第六病室》。这篇小说有明确的社会批判指向,社会反响强烈。

▲《教堂晚钟》，列维坦，1892 年

1893 年　33 岁

经过几年的准备，契诃夫完成并发表长篇旅行笔记《萨哈林岛》。

1894 年　34 岁

契诃夫进行了第二次欧洲之行。

同年，发表《黑修士》《文学教师》等作品。《黑修士》的创作灵感与契诃夫在美里霍沃庄园生活的体验有关，这一时期契诃夫对某些神秘经验产生了兴趣。

1895年　35岁

契诃夫第一次前往亚斯纳亚·波良纳，拜望他崇敬的作家列夫·托尔斯泰。

同年，发表《脖子上的安娜》《带阁楼的房子》等。

契诃夫在美里霍沃庄园里创作了戏剧《海鸥》。至今在美里霍沃庄园还可看到一座精致的小木屋，这是契诃夫写作《海鸥》的地方，被称为"海鸥小屋"。

1896年　36岁

《海鸥》在彼得堡首演失败，这是契诃夫创作生涯中罕见的一次挫折。

◀ 契诃夫和列夫·托尔斯泰

◀ 《套中人》，库克雷尼克塞，1941年

1897年　37岁

三月，在莫斯科时，契诃夫肺结核病发作，大量吐血。病情缓解后，他于秋天出国，这是契诃夫第三次欧洲之行。

完稿七年后，出版剧本《万尼亚舅舅》。

1898年　38岁

《海鸥》在莫斯科艺术剧院的首演大获成功。首演时，契诃夫与女演员 O.Л. 克尼别尔相识，这是他后来的妻子。

同年，发表同一系列的三个短篇小说——《套中人》《醋栗》《关于爱情》，后又发表了《约内奇》等。

秋天,已经无法适应俄国中部冬季气候的契诃夫前往克里米亚半岛的雅尔塔过冬,在雅尔塔得到了父亲去世的消息,这对他是一个沉重的打击,促使他做出了放弃美里霍沃庄园的决定。

他在给朋友的信中写道:"父亲去世以后,美里霍沃的好日子也过去了。""我觉得对母亲和妹妹来说,美里霍沃的生活失去了全部魅力,我必须为她们营造一个新的窝。这是一定的。因为我不会再在美里霍沃过冬,而在乡下没有男人是不行的。"

1899年　39岁

契诃夫与出版商 A.Ф. 马尔克斯签订了出版作品集的合同。同年,作品选集第一卷得以出版。

这一年在杂志上发表的小说有:《宝贝儿》《新别墅》《带小狗的女士》等。列夫·托尔斯泰对《宝贝儿》这篇小说非常欣赏,说它写得简洁、精巧,"像一颗珍珠"。

秋天,契诃夫正式惜别美里霍沃庄园,迁往雅尔塔疗养。

▲ 契诃夫在雅尔塔居住的房子

◀ 契诃夫与妻子

1900 年　40 岁

契诃夫当选俄罗斯科学院名誉院士。

同年十二月,他再次前往欧洲旅行。

1901 年　41 岁

《三姐妹》在莫斯科艺术剧院首演。

同年,契诃夫与 O.Л. 克尼别尔结婚。

◀ 契诃夫与心爱的腊肠犬

1902年 42岁

为声援高尔基,契诃夫发表声明,放弃了俄罗斯科学院名誉院士的称号。

同年,发表小说《主教》。这篇小说探讨了"死亡"的体验,弥漫着惆怅寂寞的情绪,表现了对人世的留恋。

1903年 43岁

契诃夫发表了他生命中的最后一篇小说《未婚妻》,并完成了最后一部剧作《樱桃园》。他最后的这两个作品中透露出时代剧变即将到来的强烈信号。

▲ 契诃夫的棺椁抵达莫斯科

1904年 44岁

《樱桃园》在莫斯科艺术剧院首演,演员们在舞台上为契诃夫庆祝了四十四岁生日。

六月,他与妻子启程前往德国疗养地巴登维勒。

七月十五日(俄历七月二日),契诃夫在巴登维勒去世。契诃夫的灵柩运回莫斯科后,于七月二十二日安葬于新圣女公墓。

317

译者 | 路雪莹

俄罗斯文学博士。

研究课题即为契诃夫小说。曾旅居莫斯科,其间多次造访契诃夫的美里霍沃庄园。

全新译作《变色龙》《套中人》《樱桃园》,译文优美传神,入选"作家榜经典名著"文库,深受读者喜爱。

译作

2015 年 《迷宫》 [俄] 柳德米拉·彼得鲁舍夫斯卡娅 著

《环舞》 [俄] 安东·乌特金 著

2019 年 《〈二十四诗品〉研究》 [俄] B.M. 阿列克谢耶夫 著

2005 年 《恶老头的锁链》 [俄] 米·普里什文 著（合译）

2021 年 《变色龙：契诃夫经典小说集》 [俄] 安东·巴甫洛维奇·契诃夫 著

2021 年 《套中人：契诃夫经典小说集》 [俄] 安东·巴甫洛维奇·契诃夫 著

2021 年 《樱桃园：契诃夫经典戏剧集》 [俄] 安东·巴甫洛维奇·契诃夫 著

著作

2007 年 《契诃夫与美里霍沃庄园》

作家榜®经典名著

读经典名著，认准作家榜

作家榜，创立于2006年的知名文化品牌，致力于促进全民阅读，推广全球经典，连续13年发布作家富豪榜系列榜单，引发全球媒体关注华语作家，努力打造"中国文化界奥斯卡"。

旗下图书品牌"作家榜经典名著"系列，精选经典中的经典，凭借好译本、优品质、高颜值的精品经典图书，成为全网常年热销的国民阅读品牌，在新一代读者中享有盛誉。

经典就读作家榜
京东官方旗舰店

经典就读作家榜
当当官方旗舰店

经典就读作家榜
天猫官方旗舰店

经典就读作家榜
拼多多旗舰店

| 策 划 | 作家榜 |
| 出 品 | |

出 品 人	吴怀尧
总 编 辑	周公度
产品经理	张书瑜　田　靓
美术编辑	杨净净
封面绘图	陈牧春
封面制作	梁昌正
内文插图	［俄］Katerina Khlebnikova
产品监制	陈　俊
特约印制	朱　毓

| 版权所有 | 大星文化 |
| 官方电话 | 021-60839180 |

作家榜抖音号
每周直播荐好书

作家榜官方微博
每周免费送好书

百态人生
尽在故事会

图书在版编目（CIP）数据

樱桃园：契诃夫经典戏剧集 /（俄罗斯）安东·巴甫洛维奇·契诃夫著；路雪莹译. -- 杭州：浙江文艺出版社，2022.1
（作家榜经典名著）
ISBN 978-7-5339-6716-1

Ⅰ. ①樱… Ⅱ. ①安… ②路… Ⅲ. ①剧本－作品集－俄罗斯－近代 Ⅳ. ①I512.34

中国版本图书馆CIP数据核字(2021)第265486号

责任编辑：陈 园

作家榜®经典名著
读经典名著，认准作家榜

樱桃园
契诃夫经典戏剧集

［俄］安东·巴甫洛维奇·契诃夫 著
路雪莹 译

全案策划
大星（上海）文化传媒有限公司

出版发行
浙江文艺出版社
杭州市体育场路347号　邮编 310006
浙江省新华书店集团有限公司 经销
上海盛通时代印刷有限公司 印刷

2022年1月第1版　2022年1月第1次印刷
889毫米×1194毫米　32开本　11.375印张
印数：1—10000　字数：200千字
书号：ISBN 978-7-5339-6716-1
定价：45.00元

版权所有　侵权必究
（如有印装质量问题影响阅读，请联系021-60839180调换）